Le livre
que je ne voulais pas écrire

DU MÊME AUTEUR

Marguerite n'aime pas ses fesses, Quidam éditeur, 2017 ; J'ai lu, 2018.

Entre toutes les femmes, Plon, 2015.

L'Abandon du mâle en milieu hostile, Plon, 2013.

Autogenèse, Michalon, 2012.

Qu'avez-vous fait de moi ?, Michalon, 2010.

ERWAN LARHER

Le livre que je ne voulais pas écrire

J'AI LU

Für P.-L.
Ich werde nie vergessen.
Tu as plus de courage que tous les oiseaux réunis.

Avec des textes de :

Jérôme Attal, Charlotte Becquin, Frédéric Burel, Manuel Candré, Jeanne Doe, Manon Fargetton, Bertrand Guillot, Paul Larher, Philippe Larher, Églantine Le Coz, Delphine Nahon, Loulou Robert, Sigolène Vinson, Alice Zeniter.

1

Tu écoutes du rock. Du rock barbelé de guitares et de colère. Depuis la préadolescence. Môme, il te fallait une autorisation paternelle avant de te servir de la chaîne stéréo. Inépuisable enchantement : le petit levier à pousser pour faire décoller le bras, qui porte en son extrémité la tête de lecture, tête que tu places, en fermant un œil pour plus de précision, au-dessus du bord du vinyle – le plateau s'est mis à tourner –, puis fais descendre, toujours à l'aide du petit levier, il s'agit de ne pas rater son coup, jusqu'à ce que le saphir se pose en craquotant sur le 33 tours. Quelques secondes et le salon vibre d'une énergie magique, qui t'enlace comme si la musique t'était immanente et que les grandes enceintes fabriquées par ton père se contentaient de la révéler.

La cassette de Leonard Cohen, le double rouge et le double bleu des Beatles, le *Köln Concert* un peu usé aux coins, objets sacrés.

À la même période te happe le vaudou des mots, livres dévorés, partout, tout le temps, avide. Mais avec la musique, l'ensorcellement est plus immédiat, plus spontané. Plus *naturel* ? Physique. Elle s'empare, investit, sans apprentissage, sans doigts qui suivent les lignes, sans sourcils froncés aux syllabes délicates. On chante du Brassens, du Brel ; on braille Le Grand Orchestre du Splendid, Eddy Mitchell ou Renaud lors des voyages en voiture, même si tu ne comprends pas comment on peut allumer tout le quartier (les réverbères ?) en sortant son cocker.

Tu émerges à peine de l'enfance quand s'ouvre la bande FM. Tout devient accessible soudain. Tu enregistres – il faut appuyer sur *play* et *record* à la fois – Alain Bashung et Depeche Mode, Police et Kim Wilde, les Stray Cats et des groupes inconnus sur des radios locales.

— C'est du punk.

Le verdict de David Imbert est sans appel. Tu as douze ans, lui quatorze. Votre 4e B est en classe verte du côté de Chamonix. Tu viens de faire écouter à David ton titre préféré de ton dernier patchwork musical, enregistré sur une BASF Chrome 90 minutes. Les 120 minutes sont trop fragiles et la bande s'emmêle souvent, les 60 minutes trop courtes pour caser un album sur une seule face – ainsi il te manquera longtemps sur l'une d'elles la fin d'une chanson des Sex Pistols, que tu seras tout étonné des années plus tard d'entendre en entier, habitué que tu étais à ce qu'elle s'interrompît au milieu d'un refrain.

En général, tu reportes sur la jaquette de la cassette le titre du morceau et le nom du groupe, mais parfois l'animateur ne les donne pas ; d'autres fois tu notes à la volée ce que tu entends, *Original Sin* par Inek 16, groupe dont tu n'as jamais trouvé aucun album dans les supermarchés où tu suivais ta mère dans l'espoir qu'elle fléchirait devant ton insistance – allez, steuplaît m'man, juste un 45 tours…

Pour David, volontiers qualifié de « hardeux » par tes camarades (tu n'as jamais osé demander la signification de l'adjectif), INXS, c'est de la daube. Il porte sur son blouson de cuir une veste en jean sans manches brodée de patches, dont chacun fait promesse d'un univers aussi puissant qu'inquiétant : un zeppelin en feu, un canon sur roues, un squelette en robe de mariée… On l'appelle Donald parce qu'il imite très bien Donald Duck, tu te souviens de son surnom en écrivant cette scène, la quantité d'informations qui dorment en toi à ton insu t'effraie, d'ailleurs tu revois avec précision le chemin en pente au milieu de la forêt sur lequel tu as interrogé David, après lui avoir fait écouter sur ton Walkman le morceau anonyme qui te mettait en transe dans l'espoir qu'il connût l'artiste.

— C'est du punk. En fait, t'aimes le punk.

— C'est quoi, le punk ?

Internet n'est qu'une chimère d'ingénieurs, tu lis *Onze* et des romans d'aventures, tu as grandi à Ballans, Charente-Maritime, 282 habitants paumés au milieu des vignes à pineau, tu n'as embrassé qu'une fille et une seule fois – sans la langue.

— Heu… Le punk, c'est… Écoute, tu me fileras une cassette vierge, je t'enregistrerai des trucs.

Tu acceptes. David te compose une face avec Téléphone *(Au cœur de la nuit)* et l'autre avec AC/DC.

Ta vraie rencontre avec le punk, tu la dois à Yann Mahé, au collège de Moëlan-sur-Mer où tu débarques en troisième. Yann a presque quinze ans, toi un peu plus de treize. Il porte un pantalon écossais serré et des rangers. Il a quelques poils au-dessus des lèvres et au menton ; tu es glabre. Il est en guerre contre son père, proviseur du bahut ; il ne t'est jamais venu à l'idée de contrarier le tien, encore moins de le contredire. La famille de Yann habite un logement de fonction quasiment dans la cour du collège – serait-ce encore possible de nos jours ? Entre midi et deux, il t'emmène parfois chez lui écouter de la musique. Tu découvres, ahuri, qu'on peut chanter « J'encule mon père, j'encule ma mère et j'encule ma grand-mère », l'enregistrer sur un disque et que ce disque peut tout à fait légalement être mis en vente. Tu découvres les Sex Pistols, Chaos en France, The Exploited, UK Subs, Métal Urbain, Bérurier Noir et autres joyeusetés binaires et éructantes. Chez *Melody,* la disquaire de Quimperlé, il est loisible d'écouter des vinyles keupons tout l'après-midi si on veut. Tu y achèteras Oberkampf, Special Duties, Virgin Prunes, The Stranglers, plus tard le premier 6 titres de Noir Désir et tant d'autres, presque tout ton argent de poche y passe.

Tu écoutes du rock, bande-son de ton esprit tourmenté. Tu es cette musique, entièrement, elle te constitue, ce que les adultes et la plupart de tes condisciples ne comprennent pas, eux pour qui la musique n'est qu'une distraction, un arrière-plan, un agrément sonore, décoratif. « Ça lui passera », disent-ils.

Le rock, porte d'accès à des mondes invisibles, révélateur des volutes de l'âme, ferment de l'imagination, comme les mots. À quatorze ans, en pension, tu commences à écrire ton premier « roman » (guillemets de rigueur), dans lequel occupe une place centrale l'œuvre mélancolique et torturée, toutefois lumineuse parfois – une lumière noire –, de certains artistes de l'époque, en particulier The Cure, tu es persuadé que Robert Smith est ton jumeau cosmique.

Tu écoutes du rock, donc tu fais partie d'une famille. On se reconnaît d'un coup d'œil, on a des discussions passionnées sur les albums, les influences, les looks, on s'échange des *bootlegs*, on assiste à des concerts plus ou moins autorisés – tu verras défiler en Finistère Sud, dans des bars, boîtes de nuit ou de simples granges, presque toute la scène alternative française : Wampas, French Lovers, Les Satellites, Washington Dead Cats, Jad Wio ou Dominic Sonic.

Tu écoutes du rock, la musique au centre de tout, avec la poésie. Tu vénères Mallarmé, tu écris en terminale des chansons pour Charlotte Corday, groupe dont tu es le « chanteur » (guillemets de rigueur), puis, cheveux crêpés en pétard et noir sous les yeux, tu files à Versailles en hypokhâgne. Yann manquera ton adultère new-wave : il ne connaîtra pas les années 90.

Suicide. La dernière fois que tu l'as croisé, lors d'un concert rock pirate, il a essayé de te gratter un peu de thunes. Durant ces sept ou huit années d'étrange amitié en pointillé, tu n'as rien vu, rien compris ; candide, tu ne savais pas ce qu'il recouvrait, ce mot qu'on chuchotait à son sujet : drogué.

Ensuite, ce sera le Velvet Underground, le MC5, les Stooges, les Sonics. Quand arrivent la fusion et le grunge, tu es prêt.

Le rock. Un exutoire pour l'enfant sage et obéissant que tu es, pas transgressif pour un *pound,* passé à côté de la crise d'adolescence, en lycée militaire pendant deux ans. Tu ne t'es jamais mis en colère : Joe Strummer l'était pour toi. Tu respectes les règles, tu ne fais pas de vagues, tu n'as pas l'audace de te teindre les cheveux en rouge ni de te faire une crête, mais tu écoutes du rock. Dont l'énergie rageuse est sans doute entrée en consonance, en même temps qu'elle l'alimentait, avec celle qui sommeillait en toi ou que tes efforts pour ressembler au fils modèle que l'on désirait que tu sois avaient étouffée.

Est-il fortuit que David Imbert te découvre amateur de punk au moment où tu es confronté pour la première fois, sans y avoir été préparé, à la violence du monde ? De la primaire au premier trimestre de la sixième, tu grandis à la campagne, entouré d'enfants, petits-enfants et arrière-petits-enfants de Charentais, on se connaît, se parle, se déteste, se croise, s'évite, s'invite, s'épaule ; on se cotise pour acheter la machine à vendanger, on se prête un tracteur ou une remorque, s'échange poulets contre lapins, se fâche pour un non et se réconcilie pour un oui, parfois à l'église. À dix ans, tu atterris en cours d'année scolaire dans un collège périurbain qui brasse des descendants de pieds-noirs, d'immigrés italiens, espagnols, nord-africains, plus quelques gitans ; on les appelle ainsi, « gitans », tu ne sais pas ce que c'est sauf au féminin sur les paquets de cigarettes de tes parents, on te fait comprendre que le masculin n'est pas fiable. Il y a des bandes, des groupes, des tensions latentes qui explosent en bagarres soudaines et rapides – il faut éviter les pions, et le surgé n'est pas commode. Cette violence te traverse, gamin mal dégrossi pas encore entré en adolescence. Tu as peur à chaque récréation, peur dans les couloirs, peur au réfectoire, peur dans le bus. Peur que tu ne montres ni n'exprimes, surtout pas devant tes parents – tu es déjà très orgueilleux.

Dans ce collège, tu te bats pour la première (et jusqu'ici dernière) fois de ta vie. David Tournadre te traite de fils de pute. Dieu sait ce qui te prend, tu lui repars : « Je t'attends à la sortie. » Il répond d'accord avant que tu aies le temps de te dédire. Les différends graves se tranchent ainsi à l'époque dans ce bahut : un *fight* à l'extérieur, sur l'espèce de pelouse pelée plantée de marronniers à droite du portail d'entrée. Tu as un an d'avance, tu fais très jeune pour ton âge, tu n'as pas une personnalité très affirmée, si on y réfléchit tu as dû ce jour-là décider sans le savoir de passer un rite initiatique en défiant une des grandes gueules de ta classe. Tu es stressé toute la journée. Tu portes un pull blanc, un Saint-James qui te gratte mais que tu aimes beaucoup. Tu l'enlèves, pas question de le salir ou de l'abîmer. Une seule règle : pas de coups dans le bas-ventre. Tu n'as pas un souvenir très clair de la bagarre sinon qu'elle a été brève (les bus scolaires n'attendent pas que les comptes soient réglés) et qu'il n'y a pas eu de vrai vainqueur – coquard pour lui, lèvre fendue pour toi.

Est-ce l'idyllisme de tes années d'enfance qui t'a instillé cette répulsion pour toute forme de violence ? À sept ou huit ans, tu pratiquais le judo. Tu n'aimais pas y aller, tu avais peur de te faire mal, tu détestais les combats, tu as bifurqué foot. Tu as eu des copains casse-cou, tu étais prudent. Pour ne pas dire pleutre. Tu as fait un peu de skate-board, tu craignais toujours de tomber, tu as abandonné. Quand d'autres grimpaient en haut des arbres, tu t'arrêtais aux premières branches. En plus, tu as le vertige. Tu n'as jamais été aventurier : tu préférais partir en mer avec Long John Silver sur le canapé. Toute ta vie, tu as esquivé les coups de poing, les bastons, les échauffourées – et même les plaquages durant tes années de football américain. Par miracle ou parce que tu ne les cherchais pas. Tu as séparé des excités, pacifié des situations, apaisé des tensions, pas le profil à jeter de l'huile sur le feu. Peut-être ta grande taille t'a-t-elle évité sans que tu le susses quelques ennuis avec des querelleurs. Pourtant, tu en as fréquenté des bars interlopes, des boîtes mal famées, des terrains de sport, des concerts plus ou moins glauques, parfois dans des squats improbables ! La seule gourmade que tu as failli recevoir depuis ta bagarrounette du collège le fut d'une femme que tu étais venu quitter. Elle faisait vingt-cinq kilos et centimètres de moins que toi. Tu t'en es sorti. Comme ce soir, tu avais vingt-quatre ans, où le téléphone sonne dans ta chambre à Pigalle. Un mec énervé avec un accent caillera, comme on disait alors, t'affirme qu'il va te retrouver et te « couper les couilles ». Ta petite amie était son ex, qui l'avait quitté et qu'il voulait récupérer. Elle t'avait dit qu'il était un peu chef de bande, un peu dealer, beaucoup dangereux. Tu passes une demi-heure en ligne avec lui. À la fin de la conversation, il pleure. Plus question d'attenter à tes parties génitales. Tu lui proposes même de boire un verre ensemble. Tu es soulagé qu'il refuse.

Ta hantise de la violence trouve-t-elle sa source dans ta douilletterie ? Tu fais un malaise vagal en cours de sciences naturelles lors de la projection d'un film sur la greffe de moelle osseuse. Tu fais un malaise vagal en passant une radio du bassin. Tu fais un malaise vagal au cinéma pendant un film de Quentin Tarantino. Tu tournes de l'œil à la moindre prise de sang ou simple piqûre. Alors les dentistes…

Les bienveillants disent que tu es hyper sensible, les taquins préfèrent chochotte. Cela peut surprendre tant tu n'as pas le physique de ces faiblesses. On te croit volontiers téméraire et audacieux quand tu es au mieux circonspect – tu espères n'être ni blèche ni pusillanime. À ton crédit, tu es resté fidèle au punk-rock, contrairement à certaines de tes connaissances passées en vieillissant au jazz – ou pire, à la *World Music*. Mais la toge de Juventas n'a jamais été, pas plus que la thanatophobie, une armure contre la violence.

La violence ? Elle arrive.

Vu du dehors – I

10 heures le 14 novembre

Le quartier est désert. Un rassemblement rue Bichat, devant *Le Petit Cambodge* et *Le Carillon.* Je n'y vais pas. Nous irons demain en famille. Max déposera une fleur parmi beaucoup d'autres. Mausolée et symboles qui resteront là des semaines avant leur retrait progressif et pudique.

Le ciel est clair, grand soleil mais j'ai froid, de la colère aussi. La sensation d'être au cœur d'une réalité glaciale et morbide.

Un autre sentiment, indéfinissable celui-ci, comme l'envie, le besoin d'étreindre, de protéger les personnes que je croise ce matin. Ce sont eux, voisins et amis, qui ont reçu des balles cette nuit, c'est mon quartier, c'est moi.

5 heures

J'aurai du mal à trouver le sommeil. Mais au moins je le sais maintenant, il est vivant.

Je viens enfin d'avoir J. au téléphone. Il a reçu une balle dans les fesses. Nous nous en amuserons, lui en souffrira. Une visite à l'hôpital dimanche le confirme. Étendu sur son lit, bravache et drôle comme à son habitude, mais livide. Sans savoir s'il s'agit uniquement de douleur physique. Tous les trois, vieux potes réunis, nous ne le questionnons pas. Pudeur et soulagement. Être avec lui, partager cochonnailles et vin rouge nous suffit.

3 heures

Cette nuit est sans fin, sans nom.

Nous traversons République, Johanna et moi, remontons Grange-aux-Belles. L'accès faubourg du Temple et Bichat nous a été refusé par la police encore en place. Nous ne les questionnons pas, une évidence.

Il ne répond toujours pas au téléphone. L'attente est beaucoup trop longue. Où est-il celui qui vient de se faire désigner « l'ami du Bataclan » sur les réseaux ? Et toujours autant de questions : pourquoi n'étais-je pas avec lui ? Était-il accompagné au moins ? Nous aurions dû être ensemble ce soir à ce concert et j'aurais pu… Quoi ? Le protéger ? Le tirer de cette atrocité par le seul effet de ma présence ? Quelle absurdité ! Cette culpabilité, qui n'a pas de place devant la douleur des autres, ne passera que bien plus tard.

Minuit

Proche de Répu et du Bataclan, chez C. et J. Cet anniversaire en lieu et place d'un concert entre potes.

Images TV déjà nauséeuses, visages anxieux, désorientés, alcool que j'ingurgite à grandes rasades tranquillisantes. En bas, dans la rue, des mouvements de foule incompréhensibles, décalés de la réalité télévisée. Et depuis maintenant deux heures, ces sirènes de toutes parts, de toutes sortes, qui constitueront la bande-son macabre de cette nuit.

Il ne répond pas au téléphone. Des bouffées d'angoisse. Mais pas que cela, un autre sentiment, indicible, comme un impensé : l'impossible ne peut se produire. Il est fort, futé, chanceux, il s'en sort toujours.

Chez nous, de l'autre côté du canal, les enfants ne sont pas seuls, les cousins les ont rejoints. Ils nous questionnent au téléphone. Je n'ai pas de réponse, que des mots qui se veulent rassurants.

21 heures, le 13 novembre

Nina a 17 ans. Les discussions avec elle, quand elle y est disposée, sont toujours pétillantes.

Massive Attack à la radio. La musique a parfois cette fonction qu'elle peut illustrer un moment, une période. Je l'explique à Nina : Massive Attack, c'est 1998. Année heureuse : sa naissance, la Coupe du Monde, une gauche crédible au pouvoir. Année insouciante : 2001, les Tours, ce sera dans trois ans.

Pendant que Johanna se prépare, dernière question aux enfants avant que nous ne sortions. Je leur commande un plat, ils iront le chercher : pizzeria ou *Petit Cambodge ?* Ce sera pizza, au plus proche. Leur paresse me fait sourire, j'ai dû éprouver la même.

Il est 21 heures 25. Du scooter, nous voyons courir le patron du *Petit Cambodge* sur le trottoir. Il doit être en retard pour le service. Nous tournons rue Bichat, le carrefour est bloqué, un policier tire un cordon en travers de la chaussée. Accident ? Je fais demi-tour, une jeune fille, casque rose sur un scooter, remonte la rue et passe devant nous en hurlant. Le quartier bouillonne ce soir.

2

Le 26 novembre 2008, en début de soirée, tu es au Trabendo, salle de spectacle parisienne, avec Fred et Guillaume. Bière en main, vous discutez joyeusement en attendant le début du concert de Blood Red Shoes. Un boogie rock un peu crade dans les haut-parleurs attire soudain ton attention. Coup de foudre. Tu interroges Guillaume, spécialiste du riff qui sent la sueur et le cambouis. Il ne connaît pas. Tu veux savoir. Tu dois savoir. Glaner l'information avant la fin du morceau. Tu fonces à la source, l'ingénieur du son derrière sa console. « Eagles of Death Metal », te répond-il sans même daigner lever les yeux. Tu penses à une blague, ou que tu n'es pas assez familier de l'accent du Sussex.

Tu ne peux donc pas te vanter d'avoir découvert EODM avant tout le monde (tu frimes volontiers avec Offspring, par contre, mais ce serait trop long à raconter), ni de les écouter depuis leurs débuts (contrairement à Noir Désir ou The White Stripes), puisque, t'apprend Internet une fois rentré chez toi, ils ont sorti leur premier album quatre ans auparavant, en 2004.

Le 30 août 2009, EODM est à l'affiche de Rock en Seine. Depuis un bon semestre, Poopy les entend dans la voiture, dans l'appartement, déborder de ton casque. Tu n'aimes pas tous leurs titres, tant s'en faut, mais ceux que tu aimes, tu les adores. Alors Poopy, ta future femme (du moins le croyais-tu à l'époque, vous avez annulé le mariage cinq mois plus tard, à deux de l'échéance, elle est restée ta meilleure amie), t'offre une place au festival pour ton anniversaire. Fin d'après-midi, plein soleil, quarante-cinq petites minutes au son aigre, voilé, magma filandreux allé en brouet d'andouilles, déception vite oubliée car ce que tu retiendras de cette journée, c'est la gueule de Fred quand tu lui as demandé juste après le concert s'il voulait bien être ton témoin et son joli « ouais » si pudique.

Le 14 septembre 2015, à 17 h 18, tu reçois un courriel de Fnacspectacles.com récapitulant le détail de ta commande, soit : « 1 place au tarif Normal Prix unique pour EAGLES OF DEATH METAL (LE BATACLAN (PARIS 11)) le vendredi 13/11/2015 à 19 h 30 au prix total de 30,70 EUR ». L'intermédiaire prélevant 0,50 € (appelés « frais d'obtention »), tu avais payé 31,20 €. Sans hésiter. Sitôt que t'était parvenue l'information selon laquelle EODM donnait ce concert parisien, tu t'étais connecté pour acheter ta place.

Le 14 septembre 2015, à 17 h 21, tu envoies un courriel à Guillaume, Fred (le témoin sans mariage) et Florian pour les informer de ton achat et les inciter à t'imiter.

Le 13 novembre 2015, à 9 h 29, tu postes sur Facebook – en utilisant l'option « confidentialité personnalisée » et en excluant du champ de vision les membres de ta liste « Inconnus », soit environ 75 % de tes amis virtuels – le message suivant :

Tu reçois une réponse de ton ami Yves, grand écumeur de concerts rocks devant l'Éternel :

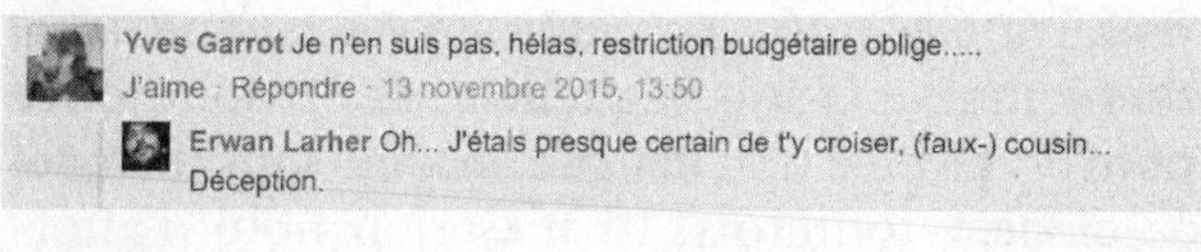

Le 13 novembre 2015, vers 20 h 15 (notons comme c'en est déjà terminé de la précision factuelle), tu gares ta Honda *Shadow* juste en face du Bataclan, sur le terre-plein à l'angle des boulevards Richard-Lenoir et Voltaire. Tu traverses celui-ci. Peu de monde devant la salle : tu es arrivé bien après l'ouverture des portes, peu désireux d'assister au concert de la première partie. Tu es seul : les copains n'ont pas pu venir, Jeanne a préféré faire des fouettés et des jabs à son entraînement de boxe française. Tu apprendras plus tard que, chacune de leur côté (elles ne se connaissent pas), deux amies ont failli te faire la surprise de te rejoindre.

Tu prends le temps de fumer une cigarette, puis entres dans le hall.

Pause. *Rewind.* Tu traverses le boulevard : as-tu tourné la tête vers la gauche ? Remarqué quelque chose ? *Play.* Pause. Tu finis ta clope sur le trottoir : regardes-tu les voitures garées devant la salle ? Devant le Bataclan Café ? Tu as retraversé mille fois ce boulevard, refumé mille fois cette clope, au ralenti, sarclant ta mémoire, raclant les images rongées par l'inattention. Leur voiture était-elle déjà là ? Aurais-tu pu, avec un sens de l'orientation aiguisé et une bonne mémoire photographique, les repérer ? Ont-ils été à un moment dans ton champ de vision ? De cette traversée et de cette clope ne resteront bientôt qu'impressions ruginées, la scène fausse et faussée d'avoir été trop rejouée pour y déceler de l'insigne, aucun sensationnel à en tirer toutefois, tu n'as rien noté d'anormal, tu n'as eu aucun sombre pressentiment, tu enjambes Voltaire cibiche au bec, tires les dernières taffes devant la salle – rien de romanesque –, puis montres ton ticket aux videurs et entres.

Tu montes les marches, déposes au vestiaire ton manteau et ton casque. Sur celui-ci, on peut encore voir aujourd'hui un morceau du scotch qui servit à maintenir le talon du ticket numéroté dont l'autre partie t'a été remise en souriant par une jolie jeune femme. Tu te refuses à l'enlever.

Tu empoches le ticket dans ton jean, à l'arrière, le seul jean *slim* de ta garde-robe, tu trouves qu'il te va bien, tu l'as acheté quelques mois auparavant alors que des années durant tu t'es juré que jamais le *slim* ne passerait par tes jambes – espérons que tu tiennes bon sur le *sagging*... Répartis dans les poches de devant : ton paquet de clopes, un briquet et une trentaine d'euros.

Tu pénètres dans la salle. Sensations familières, plénitude immédiate : un concert de rock. Tu ne les comptes plus mais à chaque fois le même enchantement, la même excitation, allez, vas-y, tu peux bien avouer maintenant que si tu devais avoir un regret, ce serait de ne pas être devenu une rock star.

Tu souris.

À partir de là, ce n'est plus ton histoire. Plus *seulement* ton histoire.

À partir de là, ce n'est plus seulement ton histoire, c'est aussi la nôtre.

À partir de là, guerre, chaos, gros titres racoleurs et alarmistes – on veut tout savoir, racontez-nous, n'omettez aucun détail.

À partir de là, récupération politique. Mentons volontaires, regards noirs face caméra, déclarations martiales. On va voir ce qu'on va voir. Choisissez votre camp. Aux armes, citoyens !

À partir de là, génération ceci et cela, des philosophes internationalistes redeviennent français, d'autres retrouvent la foi, ou la voix, « Je vous l'avais bien dit », on occupe des créneaux, on pense en double file, sans les warnings.

À partir de là, un avant et un après.

À partir de là, j'omets, je falsifie, je mens peut-être, les pronoms n'ont plus rien de personnel. Il faudra vous y faire.

À partir de là commence une histoire que je ne voulais pas raconter.

3

— Mais tu *dois* la raconter !

Manuel est véhément. Assis en face de toi dans ce TGV qui vous conduit d'Annecy à Paris, il te gourmande. À côté de lui, Alice semble avoir pris son parti. C'est irréel. Quelques minutes auparavant, vous riiez comme des garnements en rivalisant de blagues et de (plus ou moins) bons mots. L'échange a dû riper sur un blanc, ou un adjectif l'aura dévié de son cours facétieux. Manuel est capable en une mimique et un changement de ton de passer du coq amusé à l'âne grave. En plus d'être barbu, drôle et romancier, il est large d'épaules et puissant des pectoraux, qu'il sait faire bouger indépendamment l'un de l'autre. Alice est non moins drôle et romancière, mais tu ignores si elle sait faire bouger ses pectoraux. Tu n'avais jamais vu Manuel véhément, *a fortiori* à ton encontre. Il est habituellement doux comme un cochon. Tes arguments pour justifier ton refus de témoigner de ce que tu as vécu au Bataclan voilà cinq mois ne le convainquent pas – pour résumer, partisan d'une presse d'analyse capable d'expliquer aux citoyens les soubresauts du monde, l'inverse de la prévalence du fait divers (qui fait diversion, disait Pierre Bourdieu), tu ne veux pas apporter ton écot de larmoyance à l'océan émotionnel sur lequel surfent les médias de la société du spectacle.

— Tu ne peux pas mettre tous les journalistes dans le même sac ! s'emporte Manuel, avec sa grosse voix de Papa Ours fâché.

Les têtes de vos plus proches voisins de voyage se tournent vers votre trio, puis replongent dans leurs divertissements – un sandwich, un film, un magazine, un jeu vidéo. Tu n'as pas l'impression d'avoir mis qui que ce soit dans un sac. Tu ne veux pas témoigner, c'est tout. Tu as décliné les dizaines de sollicitations que tu as reçues, du monde entier, parfois dès le lendemain. Quelques plumitifs n'ont reculé devant rien, et surtout pas la morale, pour tenter de te convaincre : « Pensez à vos livres, ce serait bon pour vos ventes, cinq pages dans notre journal ! »

— Il a raison, non ?

Bien sûr qu'il a raison. Tu as publié quatre romans, dont les ventes cumulées t'ont en six ans rapporté à peine six mois de SMIC. Tu sais quel profit médiatique, donc financier, ton travail romanesque pourrait retirer de ton statut de rescapé du Bataclan. Ce serait si simple de dire oui. De te renier.

— Arrête ! rugit Papa Ours[1]. Tu m'énerves, avec ta posture « Moi monsieur je ne mange pas de ce pain-là ! » Si tu étais si pur que ça, tu n'érigerais pas ton refus de témoigner en acte de bravoure. Tu n'en parlerais même pas.

Tu n'es pas pur, tu essaies de mettre en adéquation tes valeurs et tes actes. Ce n'est pas toujours facile. Une (petite) part de toi regrette (un peu) l'intransigeance de l'autre. Être félicité pour cette intransigeance te fait du bien à l'ego, te conforte dans ta position, pas de quoi ni rugir ni grommeler – encore moins jaboter. A-t-on questionné d'ailleurs le déballage sensationnaliste de ces « Bataclan racontés de l'intérieur » ? Doit-on parler sous prétexte qu'un micro se tend ? S'exhiber parce que la caméra tourne ? Il faut se justifier de refuser, jamais d'accepter. Ceux qui stipendient les chaînes d'info en continu, la course au scoop, s'abstiennent-ils de lire les témoignages des rescapés ?

— Mais tu ne comprends pas qu'on en avait besoin ! te harponne Alice. Ce qui s'est passé ce soir-là nous a tous touchés, bouleversés, retournés.

— Bien sûr qu'on s'est jetés sur la moindre information.

1. Le rugissement n'est pas le cri de l'ours, qui gronde ou grommelle. Tu perds ta comparaison plantigrade au bénéfice du réalisme historique, même si tu trouves dommage que l'ours, ce bel animal, n'ait pas son propre cri alors que la belette belote, que la huppe pupule et que ce con de pingouin jabote.

— Pour savoir, comprendre, évacuer le choc, s'incruste un type en loden assis non loin.

— En boucle, toute la nuit et les jours qui ont suivi ! renchérit une vieille toute ridée. J'ai même acheté *Libé !*

De quoi je me mêle ? Les passagers embarqués dans ton crâne – le wagon est presque vide – se rangent du côté d'Alice et Manuel, qui font front contre toi. Tu vacilles. Contrairement aux apparences, tu n'as jamais été très sûr de toi. Versatile ? Non, pas à ce point. Influençable ? Ça se discute. Dès qu'il s'agit d'affirmer tes convictions, même vestimentaires, tu perds tes moyens. Sous tes airs assurés et rodomonts, tu n'as ni le sens de l'à-propos ni celui de la repartie. Écrire des romans te permet d'esquiver ces handicaps.

— Tu ne peux pas condamner les gens qui témoignent, reprend Alice. Pour eux, parler est peut-être un moyen de se soigner.

On peut se soigner par la parole, en effet, il existe moult thérapies, mais pourquoi une parole *publique ?* objectes-tu. Sommes-nous obligés d'étaler nos vies, nos envies, d'étaler le contenu de nos assiettes, la moindre de nos opinions ? Nous sommes emportés dans le flux incessant des sons, des signes, des icônes. Les tuyaux, les écrans, les ondes déversent sans relâche. On n'analyse plus, pas le temps. Ceux qui le font sont noyés dans l'actualité, l'évènement, l'immédiat. L'émotion brute. Le sensationnel.

Manuel éclate de rire.

— Bla bla bla ! Quand vas-tu cesser de te trouver des excuses, hein ?

Mais bon sang ! Ce soir-là, tu n'as rien fait qui mérite d'être su, connu, médité, relayé ou commenté par tes semblables ! Tu n'as rien fait qui puisse être montré en exemple. Tu t'es couché au sol, tu as pris une balle à bout portant, tu t'en sors sans trop de dommages. Quel lien avec ton travail de romancier, avec tes livres ? Tu espères que ceux-ci seront lus pour de bonnes raisons, choisis par une envie de littérature. N'a-t-on pas le droit de réfléchir aux conséquences de ses actes avant d'accepter une interview pour *Paris Match* ou *Télérama* ?

— *Match* et *Télérama,* ce n'est pas pareil, et ce n'est pas pareil que BFM TV !

Si, Manuel, dans la semaine qui a suivi les attentats du 13 novembre 2015, c'était pareil. La même indécence suintait des messages de tous les journalistes, sur ton portable, dans ta boîte mail, sur Facebook. Tu as refusé de témoigner. Tu décrètes que tu n'écriras rien sur le Bataclan – du moins pas tout de suite, pas dans la frénésie, pas dans l'immédiateté, pas sans prendre de recul. Aussitôt, les passagers protestent. Tu fermes les yeux. Ils n'existent toujours pas.

— Ça va ? s'inquiète Alice.

Rien ne sera plus jamais normal. Tu sais désormais que l'absurde peut se manifester partout, à n'importe quel moment. Tu rouvres les paupières dans le calme de la voiture 17.

— Tu dois raconter, martèle Manuel. Si ce n'est pas pour toi, fais-le pour les autres. Tu es écrivain. À ce titre, ton traitement de l'évènement nous intéresse.

Il commence à argumenter comme si ton cerveau était aussi développé que le sien : ton écriture doit investir le support, le contenu fait le contenant, subvertis au lieu de critiquer le médium, fais émerger une fiction sans récit, qu'est-ce qu'une langue sinon le primat de la précision dans la mobilité d'icelle ? Tu te dis qu'il a peut-être faim. Ton ami a l'appétit de sa carrure, l'idée de sauter un repas lui est hérésie. Tu te demandes comment il aurait supporté la diète imposée de tes premiers jours à l'hôpital.

Tu chevrotes que si d'aucuns veulent savoir comment les évènements se sont déroulés, pas besoin de ton témoignage : des reconstitutions « minute par minute » ont été publiées ici et là.

— Justement parce que certains ont raconté ce qui s'était déroulé, eux !

Si tu acceptes, argues-tu, on va te demander ton avis. Or tu n'as pas d'avis ; enfin si, mais un avis évolutif de citoyen qui essaie de réfléchir posément, un avis troué de points d'interrogation, l'opposé du tranché et définitif qui génère des *like* et des vues. Tu n'es ni sociologue, ni philosophe, ni penseur ; victime ne te confère aucune légitimité à donner ton avis branlant et ajouré à la télévision ou dans un hebdomadaire. Toutes les paroles ne se valent pas.

— On s'en fout de ton avis, on te demande une épopée ! te contre Manuel.

Manuel et Alice te prennent en tenaille, *good cop bad cop,* acérés les crocs de leurs intelligences respectives, la tienne a des dents de lait, ils déchiquètent les retranchements dans lesquels ils t'ont poussé.

— Tu *dois* partager.

Tu plisses les yeux en fixant Alice. Ou alors tu te recules dans ton siège en hochant la tête. Ou alors tu restes bouche bée. Est-ce que tu as répondu ? Quelque chose comme : « Là, oui, c'est un argument. Le seul valable » ?

En tout cas un déclic vient de se faire en toi. Parce qu'Alice a prononcé le mot magique – partager ? Il n'est même pas certain qu'il ait franchi ses lèvres, mais même si tout est romancé, ils ont raison tes deux bienveillants amis ligués contre toi : tu es investi malgré toi d'une sorte de mission. Ce n'est pas le témoignage d'Erwan Larher qui est important, c'est ce que le seul écrivain présent ce soir-là au Bataclan en ferait s'il s'attaquait au sujet, au matériau.

Le seul écrivain, c'est bien ta chance...

— Erwan, un roman ! Erwan, un roman ! beuglent les passagers du wagon vide, les personnages de ton dilemme, les multiples de toi-même.

Manuel se lève et enfile sa veste.

— Je vais au wagon-bar, dit-il. C'est pas le tout, mais ça m'a donné faim, cette histoire.

Vu du dehors – II

Je déteste tous les moyens de communication modernes et impersonnels... Je ne peux me résoudre à discuter face à un écran et encore moins au téléphone. Pourtant il y a tant de questions que j'aurais souhaité te poser après ce que tu as vécu en novembre dernier. Mais il n'y a que face à toi que j'aurais voulu le faire... D'une certaine façon je suis un peu jaloux de tous les gens qui ont été autour de toi dans les heures, les jours qui ont suivi. Jaloux de tous tes amis formidables qui ont été si présents pour toi comme pour nous, si loin, en nous tenant informés presque en direct. Moi aussi j'aurais souhaité être à tes côtés, te parler ou me taire. Mais être là. Partager avec toi, d'une façon ou d'une autre, t'aider peut-être. Mais comment savoir ce qui est bien à dire, à faire ?... Cette simplicité à faire les choses naturellement, comme on le ressent me manque. Aujourd'hui tu me donnes, tu nous donnes à tous une chance de nous exprimer et de revenir sur ces heures pour moi inimaginables. Je devrais en profiter pour te poser toutes ces questions qui me sont passées à l'esprit à un moment ou à un autre en novembre dernier. Mais n'est-ce pas égoïste et cruel de t'obliger à te replonger dans ces moments assurément horribles que tu n'as peut-être pas envie d'évoquer ? N'est-ce pas de la curiosité déplacée, du voyeurisme ? Est-ce tabou de parler de la mort, de la douleur, de la peur, de l'impuissance ? D'ailleurs as-tu eu peur pendant ces longs moments passés au sol dans la salle du Bataclan ? Peur de quoi ? Peur pour qui ? As-tu un seul instant pensé à la mort ? La tienne ? Celle des gens autour de toi ? Pense-t-on aux autres dans de tels moments ? Est-ce que des liens se créent avec les partenaires de mésaventure ? Est-ce qu'on se regarde ? Se parle ? Est-ce qu'on sent la douleur ? Est-ce qu'elle prend le dessus sur tout le reste ? C'est marrant comme mes questions sont passées de « tu » à « on »... À croire que ce sont réellement des sujets difficiles à aborder directement. On... Tu... Je ne sais comment poursuivre. Est-ce que tu pensais seulement au moment présent ? Faisais-tu des plans, des projets, prenais-tu des résolutions ; genre : « Si je m'en sors vivant je... » Gardais-tu les yeux ouverts ? Préférais-tu les fermer ? As-tu regretté des moments de ta vie, des choix, des actions ? Regrettes-tu aujourd'hui ? As-tu pleuré ? De douleur ? De tristesse ? As-tu appris des choses sur toi ? Quoi ? Es-tu différent maintenant ? Comment ? Est-ce l'évènement le plus important de ta vie, quelque chose qui te marquera pour toujours ? Tu en veux à quelqu'un ? Et puis toutes ces questions oubliées avec le temps. Et toi, ne souhaites-tu pas m'en poser, nous en poser des questions ?

4

Quelques jours après ta conversation ferroviaire avec Manuel et Alice, tu es réveillé un matin au déjuc par des phrases qui caquètent dans ton crâne – cela t'arrive parfois. Tu saisis le carnet et le stylo posés sur ta table de nuit. Alors le livre, ce livre commence à s'écrire. Sans toi. Depuis, tu cours après. Pour le dompter. L'apprivoiser. Et sans cesse il se dérobe.

Il se dérobe parce que l'acte d'écrire a précédé la décision d'écrire. Pendant des semaines, tu es écartelé entre l'entêtement des mots et ta volonté de ne pas faire texte de ta mésaventure, volonté qui capitule quand t'éclabousse une évidence : tu te tiens à la jonction d'une épreuve individuelle et d'un choc collectif, sur le point de bascule du « je » au « nous ».

Depuis les premières rafales d'acier, il est question de ta propre survie, de t'en sortir. De surmonter tes peurs – quelles séquelles ? –, tes douleurs. Tragédie personnelle, intime. Comme toute tragédie intime, elle engloutit l'horizon. Au-delà, hors de ta vue, déferle le drame national. Tout le monde se sent concerné, atteint par ricochet. Tout le monde veut savoir, quête des réponses. Pendant qu'on les cherche, on te bourre d'antidouleurs. Pendant qu'on suivait la traque des assaillants, on t'anesthésiait en salle d'opération. Pendant que la collectivité passait de l'hébétude à l'effroi, de la stupéfaction à la colère, des victimes étaient amputées d'un membre, d'autres découvraient qu'ils ne remarcheraient jamais, une trapéziste apprenait qu'elle avait perdu l'usage d'une main. Tu ignores si tu rebanderas un jour.

Après les évènements, tu restes cloîtré des semaines dans ta géhenne, qui deviennent des mois. Les regards apitoyés et compatissants te ramènent, agaçant ressac, à ton statut de vedette, de curiosité, de symbole, rayer les mentions inutiles. Pas une victime comme les autres, dans un monde qui s'y entend pourtant à les engendrer en s'arrosant de pesticides, se goinfrant d'additifs, se saupoudrant de particules fines, harcelant ses femmes et ses salariés avant de les faire crever sur la route ou se pendre ; pas une victime comme les autres, non, un survivant des attentats les plus meurtriers perpétrés en France depuis soixante-dix ans. En te blessant, ils ont blessé chacun d'entre nous. Les réactions à ton égard vont bien au-delà de la solidarité : tu es une partie du corps social assailli. Ceux qui te soignent, te croisent, te soutiennent, t'aident ont été attaqués en même temps que toi. Tu es le paradigme d'une civilisation défiée, de la liberté agressée. Tu n'as compris cette identification que très tard, même si depuis ce 13 novembre 2015, sans cesse on te demande (« puisque vous êtes écrivain ») si tu vas écrire *dessus*.

Non. Tu vas écrire autour.

Écrire parce que tu n'as pas le choix, porté par une force qui te dépasse ; autour parce que tu es romancier et non chroniqueur, parce que tu ne peux façonner un texte qu'en appétant faire littérature. Ni témoignage ni récit, donc. Inventer autre chose. Forme. Langue. Creuser. Avoir l'audace de t'autoriser à mentir, même par omission. S'il s'agit de mettre de l'ordre dans tes souvenirs, très peu pour toi. Tu aimes imaginer. D'ailleurs, chaque fois que tu veux rendre par écrit un évènement, une bouchée de réel, que tu cherches l'exactitude, tu te perds, t'affoles, tu voudrais tout dire, ne rien oublier, panoramique et exhaustif. Comme si tu devais cette minutie au vécu, hommage de l'auteur présent au monde. Tu ne sais pas relater. Relater t'ennuie. Relater t'enferme. Dans l'advenu, le datable, les intervalles, la véracité. Dans des faits. Qui sont faits – fabriqués. Par la langue ; depuis une position, mentale ou géographique. Qui sont par nature rebelles. Il n'existe pas d'objectivité du réel, encore moins de celui qui se pique de le retranscrire, au diable le miroir de Stendhal ! Le réel n'est qu'une vue de l'esprit. Les mots ne le trahissent ni ne le déforment, ils en construisent un autre, une dimension parallèle. Parfois, écueil ou stratégie, ils embrigadent la réalité. Se font passer pour elle. Réalisme et véracité ne sont que cousins éloignés.

Romancier, te voilà coincé entre le lourd marteau du *kairos* et l'enclume de tes scrupules.

— Il y a quand même de vous dans vos romans, non ? Un peu de votre vie ?

Question oratoire posée en général avec le petit sourire entendu de celui ou celle à qui on ne la fait pas. Oui, si vous y tenez (et beaucoup de lecteurs y tiennent, à la dimension autobiographique), si ça vous fait plaisir. Tu ne vois pas ce que cela change à l'expérience de lecture. L'époque exige l'autofiction. Traque l'individu entre les lignes de l'auteur. « D'après une histoire vraie » valorise. Les temps sont au voyeurisme. Or si un roman n'est pas plus grand que la vie, à quoi bon ? Vous voulez de l'irréfragable ? L'AK-47 est un fusil d'assaut conçu par Mikhaïl Kalachnikov, dont il existe des modèles dérivés regroupés sous l'appellation « kalachnikov ». Vous voulez une vérité ? Erwan Larher a été blessé d'une balle tirée par une kalachnikov[1]. Et après ? Écrire un roman à partir de

1. « Les trois armes utilisées dans la salle de concert proviennent de trois pays différents. La première, de marque Zastava, a été fabriquée en Yougoslavie. C'est la plus répandue parmi les kalachnikovs en circulation sur le marché noir. La deuxième vient de Bulgarie. Et la troisième, baptisée "Type 56", est originaire de Chine. Ces modèles, capables de tirer 620 coups par minute en mode "full auto", sont les plus prisés par les terroristes, à la fois en raison de leur simplicité d'utilisation et de la facilité avec laquelle

ça ? Trois hommes armés sont entrés dans le Bataclan et ont ouvert le feu sur les personnes qui s'y trouvaient réunies. Paraît-il. Tu étais à l'intérieur. Tu t'es fait tirer dessus. Tu ne sais pas si les assaillants étaient trois : tu n'as rien vu. L'évènement qui a eu lieu, ce sont mille cinq cents évènements, autant que de consciences. Et pour ceux qui étaient dehors, des comptes-rendus. Des témoignages.

« Il faut écrire ce qu'on ignore[1] », te conseille Éric Vuillard comme un oracle alors que tu descends au petit matin écrire ces lignes, encore emmailloté dans tes questionnements. Plus tard, un article sur le blogue Le Clavier cannibale t'ouvre une autre piste : «[...] écrire ce n'est pas seulement raconter des histoires, mais surtout motoriser des sensations.»

Pour la rédaction de ton roman précédent, tu t'étais fixé une règle, notée sur une feuille A4 tournée paysage scotchée au mur au-dessus de ton écran d'ordinateur : « Pas de psychologie ! » Puisque tu ne souhaites ni récit ni témoignage, ton objectif pour ce texte-ci, baptisé du nom de code *Projet B.*, sera, répètes-tu à qui veut l'entendre, de faire un objet littéraire. Si

---

il est possible de se les procurer. Selon les chiffres, on estime que le nombre de fusils d'assaut de type kalachnikov dans le monde oscille entre 50 millions et 200 millions. En France, dans certains quartiers, leur prix moyen varie entre 1500 et 3000 euros.» Emmanuel Fansten et Willy Le Devin, *Attentats : des policiers à toutes les preuves,* Libération.fr, 10/12/2015.

1. *14 Juillet,* Actes Sud, 2016, page 83.

tu n'y parviens pas, tu ne l'enverras pas à ton éditeur.

Un objet littéraire, rien que ça...

Casser les règles. Sortir de ton cadre.

Panique.

Tu en lis pour t'imprégner, des romans qui ressemblent à des « objets littéraires ». Découvrir des écritures. Traquer ailleurs qu'en toi la (ou les) voix de ton texte. Tu y trouves...

... parfois...

... quelque intérêt.

Souvent tu admires. Il arrive que tu te lasses.

Tu es un lecteur qui a besoin d'une histoire.

Un objet littéraire, mais pour qui tu te prends, hein ?

Tu dois à Emmanuel Régniez les deux premières phrases de cet ouvrage. Un soir, crevé, tu prends au moment d'aller te coucher *Notre château* sur ta pile-au-pied-du-lit. Tu l'ouvres. « Tout a commencé un jeudi.» Tu refermes le livre. Tu saisis ton cahier, ton stylo. Tu écris. Les idées fusent. Faire de ton travail un conte réaliste ? « J'écoute du rock », voilà un *incipit* acceptable. Le lien avec Eagles of Death Metal est évident, on y arrivera par les chemins détournés de ton éducation musicale, parfait !

Un objet littéraire, et puis quoi, encore ? Tu n'as pas les épaules.

Juin 2016. Tu as cacographié quelques dizaines de pages. Toujours pas de fil conducteur, tu trouves ton travail minable, ton éditeur te demande quand tu penses avoir terminé, tu dis que ça ira vite, avant la rentrée, tu ne veux pas que ça traîne, tu avais commencé à écrire un autre roman mais ce satané *Projet B.* l'a évincé, tu dis que ce ne sera pas un texte très long, moins de cent pages sans doute.

Tu griffonnes des interrogations sur ton cahier.

« Déroulement chronologique ? » Si tu le suis, tu vas retomber dans le marigot du récit. Te débrouiller autrement, donc.

« Quelle intrigue ? » Il faut une intrigue, non ? Tu es un romancier qui invente des histoires, pas qui romance sa propre histoire. Tu as besoin de liberté. Tu ne veux pas décrire. L'odeur. Les HURLEMENTS. Au-delà des mots. Au-delà de l'imagination. Vous n'en saurez jamais rien, des HURLEMENTS, quelle que soit la plume.

Et puis tu as tendance à oublier ce qui t'a fait souffrir. À embellir. Enjoliver. Optimiser. C'est bien foutu, tout de même, le cerveau humain ! Le tien en tout cas. Fichtrement bien câblé. Parce que de ces semaines de douleur, d'inconfort, de doutes te reste seulement une exuvie mentale. Et quelques phrases machinales à saupoudrer dans les conversations. Tu sais que c'était douloureux, inconfortable, mais aucune scorie n'en demeure, aucune écharde dans ton quotidien. Des mots. Pour les autres. Tu es programmé au présent. Fait pour l'immédiat. Des peaux mortes : les piqûres, les réveils en pleine nuit à cause de la douleur, l'impossibilité de s'asseoir, puis de rester assis plus de dix minutes. Des peaux mortes : les couches à changer parce que la plaie s'infecte et suppure, les difficultés à te doucher, le découragement qui fait éclore les sanglots, les heures passées sur les toilettes en attendant que… Est-il inexorable que tourments et désolation laissent de putrides empreintes, un paysage de brûlis, des fleurs de névroses sur compost et fumier ?

Certains savent partager leurs souffrances, rendre sensible leur martyre, empathiser leur affliction, à en faire suinter leurs pages. Pas toi. Dois-tu te forcer ? Aller chercher au fond de toi, mouvement contre nature, si le passé bouge encore, sécrète de l'organique, nourrit des zombies ? Est-ce un impératif, que « ça sorte » ? Peut-être n'y a-t-il rien à l'intérieur, rien à sortir. Tu peux écrire cette histoire comme une dramatique ; tu as la technique pour le faire. Il te serait facile de verser dans la tragédie, de laisser les mots s'enfler de larmes. Tu ne le feras pas. Tu prémédites de rédiger au pathos un chapitre pastiche, faisant fi de toute pudeur, foin de retenue, pleurs dans les chaumières, pour t'amuser et amuser le lecteur, lui montrer à quoi il a échappé. Tu ne le feras pas.

Un objet littéraire, la bonne blague !

Point positif, te dis-tu quand tu désespères, écrire autour du Bataclan t'oblige à sortir de tes ornières littéraires. Pour t'extraire de toi, désorienter tes questions, leurrer tes doutes, tu as demandé à d'autres de te donner un texte. Quelques très proches et moins proches. Regards extérieurs. Points de vue autres que le tien. Beaucoup ont accepté.

Fin juillet, entravé, tu suffoques de mots inertes sans colonne vertébrale, de phrases déboussolées, qui s'agglutinent littéralement sans queue ni tête. Les personnages sont là, certes, les péripéties aussi, mais l'intrigue ? La progression narrative ? Peut-on écrire un livre sans ? Que va devenir notre héros ? On sait déjà qu'il s'en sort. Est-il possible de faire tenir debout une histoire qui n'irait pas d'un point A à un point B ? Parce que si celle-là a un début, elle n'a pas de fin. Alors que tout livre a une dernière page, non ?

Et puis au mitan de l'été, elle te tombe dessus, la fin. La plus belle possible. La fin ultime. Alors les mots relèvent la tête, consistants soudain, les phrases retrouvent le nord. Un point A, un point B, entre les deux : un objet littéraire – ce que tu peux être pompeux, tout de même !

5

Je pénètre dans la salle. Sensations familières, plénitude immédiate : un concert de rock. Je souris. Je suis bien.

À partir de là, ce n'est plus mon histoire. Plus *seulement* mon histoire. Ou alors si puisque c'est moi qui la raconte.

Ce n'est plus seulement mon histoire, c'est aussi la tienne, Iblis.

Tu as peur. Comment pourrait-il en être autrement avec une ceinture explosive autour de la taille ? Ils vous ont laissé espérer que vous alliez vous en sortir, vos commanditaires ? « Tirez dans le tas, prenez des otages et demandez un avion prêt à décoller.» Ou : « Entrez, massacrez, ressortez, rendez-vous au lieu convenu pour exfiltration.» Avez-vous seulement une stratégie autre que *faire le spectacle* ? Vos chefs ont-ils aboli le futur : rentrez, tirez dans le tas, puis improvisez ? Sur le papier, c'était cool. Devant le Bataclan Café, lesté d'un kilo et demi de tripéroxyde de triacétone, plus des boulons, des clous, des piles, tu as peur.

C'était excitant, les préparatifs. Tu savais que vous alliez frapper un grand coup, genre 11 septembre 2001 – tu étais trop petit pour comprendre mais on t'a raconté, comme enfant on m'a raconté la Bataille de Poitiers. Tu étais fier d'avoir été choisi pour cette mission. Tu seras porteur d'effroi et de sidération, vous allez faire du réel un *blockbuster,* affoler les rédactions, épouvanter le quidam, fragmenter la République, jeter de l'huile sur le braséro géopolitique. Mise en scène grandiose, répercussions immédiates. Au pire ou au mieux, tu seras un martyr. Tu ne crois pas, contrairement à Éfrit qui transpire à côté de toi dans l'habitacle de la voiture volée, à ces histoires de vierges et de Paradis. Il n'omet jamais une salat, lui. Toi, avant, tu disais volontiers que tu te sentais « zéro musulman ». Tu es un chevalier. Un redresseur de torts. Un rédempteur. Tu vas venger les innocents massacrés par l'Occident. Agir enfin, au lieu de survivre dans une société qui te tolère tout juste, te contrôle au faciès, regarde de travers ta femme qui porte le foulard et parle, contrairement à toi, avec un peu d'accent – pas celui d'Agen. Tu imagines ton nom à jamais dans l'Histoire. Sauf que là, ce ne sont plus les préparatifs, plus les discours enflammés et les rires à l'idée du bon tour que vous mijotiez de jouer à ces chiens d'infidèles. Tu as la bouche sèche et la boule au ventre. Tu as peur.

Tu regardes par la vitre. Une silhouette dégingandée en manteau de cuir noir allume une clope puis, casque de moto à la main, traverse échevelée le boulevard. Tu devines qu'elle se rend au concert. *BAM !*

Vous êtes quatre dans la voiture. Trois vont bientôt en jaillir pour tuer au nom d'un Dieu qui jusqu'ici n'a pas fait grand-chose pour toi. L'Extraverti, le Pieux et l'Idiot. Ou y a-t-il deux extravertis et un pieux ? Êtes-vous chacun un peu tout cela à la fois ? C'est très romanesque de vouloir trois qualificatifs différents quand il y a trois personnages. *Le Bon, la Brute et le Truand* ont fait plus de mal à la littérature qu'on veut bien le dire.

Vous êtes exaltés. Vous allez passer à l'action. Enfin. Après des mois d'entraînement, de dangereuses traversées de frontières, des semaines à vous planquer. Après des vies de rats, regarder par-dessus votre épaule, ne faire confiance à personne, mentir à vos proches.

Êtes-vous exaltés ? Il faut rester froid. Méthodique. Concentré. Ça pue dans l'habitacle : la sueur surette, et puis vos fringues noires ne sentent pas la lessive. Saala a mauvaise haleine. Pourvu qu'aucun grain de sable… Un flic héroïque, la salle pas agencée comme sur les plans – elle sera pleine, ce qui change tout –, une porte récalcitrante, Éfrit qui pète un plomb… Saala, on le manipule comme on veut. Tu le trouves idiot. Tu n'es pas loin de le mépriser, mais c'est comme dans ton équipe de foot du quartier : on ne peut pas être copain avec tout le monde. Au moins, il a les couilles d'être là.

À l'époque où tu l'as rencontré, il regardait sans cesse des vidéos de décapitations de roumis sur son téléphone. En fumant une clope, en discutant, pendant les repas. Tout le temps. Il est convaincu que Paris est « la capitale des abominations et de la perversion », il boit volontiers de la vodka, il n'aime pas les Noirs. Au camp d'entraînement, en Syrie, ça le mettait en rogne que les Soudanais, les Maliens, les Nigérians ne gardent pas leur slip pour prendre leur douche. Tu as souvent remarqué qu'il ne pouvait s'empêcher de zieuter leurs longs chibres dodinants. Quand une patrouille a chopé un déserteur somalien, Saala a demandé à pouvoir le décapiter. À la première tentative, il a emporté l'oreille du gars et une partie de son cuir chevelu. Tout le monde s'est foutu de sa gueule, surtout quand l'instructeur a dit que c'était parce qu'il avait fermé les yeux juste avant l'impact. Saala était furieux. Le prisonnier beuglait et pissait le sang mais vous vous en foutiez, vous rigoliez trop – même si toi, tu ne te sentais pas très bien. Saala a relevé son cimeterre, teigneux, la lame a cinglé l'air et ça a fait un gros « crac ». Saala est tombé sur les fesses dans l'hilarité redoublée. Le tranchant avait dû s'arrêter sur une vertèbre ou un truc comme ça. La tête du prisonnier pendouillait sur le côté, il avait l'air tout étonné de ce qu'il lui arrivait. Saala était mortifié. Tu as vomi dans ton chèche. L'instructeur a levé la main en te regardant. Tout le monde s'est arrêté de rire. Il t'a ordonné de retirer la lame et d'achever de couper cette putain de tête. Tu as dû t'y reprendre à trois fois. Ils t'ont renvoyé en Europe deux jours après.

Tu as peur. Tu voudrais ouvrir la portière et t'enfuir. La mort n'est plus un mot. Si le PSG gagne la Ligue des Champions, tu n'auras pas vibré à leur parcours (tu rêves pourtant de les voir battre Barcelone). Tu ne verras plus ta femme ni ta fille. Ni les copains du bistrot. Ni tes parents, dont tu as toujours eu honte, qui courbaient l'échine, rasaient les murs, bien contents qu'on daigne les laisser vivre en France. Seront-ils fiers de toi, eux qui t'ont appris à ne surtout pas te faire remarquer, pas de vagues, dire bonjour et merci ? Ces pensées concrètes resserrent les mâchoires de l'étau qui te broie le plexus au point de te couper le souffle. On y va ou quoi ?

Tu as peur. Tu ne peux plus reculer. Tu t'es embringué dans une impasse. Tu le regrettes. Éfrit prie à côté de toi, les yeux mi-clos, en silence mais ses lèvres bougent. Il parle arabe. Pas toi. C'était embêtant en Syrie. Les combattants d'EI se méfiaient de toi ; de tous ceux qui arrivaient de France. Ils craignaient les agents infiltrés, les traîtres. On vous a cantonnés aux sales besognes. Tu n'as pas combattu, là-bas. Tu t'es entraîné, tu as fait de la manutention. Gardé des prisonniers. Il faisait chaud. Tu t'ennuyais autant que dans ton appartement de banlieue. Tu t'es beaucoup ennuyé dans la vie. Tu n'as jamais eu l'impression d'être à ta place ; jamais eu la certitude d'en avoir une. Tu jouais au foot, libéro, tout en anticipation, pas assez dur sur l'homme selon ton coach. Tu défendais les plus petits à l'école et dans ton quartier.

Tu as mollement vendu quelques barrettes de mauvais shit. Tu étais plutôt bon élève mais tu t'ennuyais aussi en classe. Comme disait Amir, le stoppeur de ton équipe, qui aurait fait carrière s'il n'avait pas été aussi *mahboul :* « Un rebeu, il est soit premier de la classe soit dernier ; moyen, ça sert à rien.» Tu as eu ton bac, puis ton BTS. Tu as commencé à travailler, un CDD mal payé. Tu t'ennuyais avec tes collègues. Les veilles et lendemains de matches, tu échangeais avec certains, même si vous n'aviez pas vraiment le temps. « Eh, les gars, le boulot, il va pas se faire tout seul ! » gueulait le responsable dès que la plage de pause était terminée – il chronométrait, ce bâtard, il disait qu'il n'avait pas le choix. Alors vous le repreniez, le boulot, ce boulot qui servait à rien, préparer des commandes dans cet immense hangar, pas le droit à l'erreur car vous étiez notés, l'hiver ça caillait, l'été on cuisait. Et le bruit des robots. Le bruit des tapis mécaniques. Le bruit des chariots. À la fin de la journée, migraine plus temps de transport pour rentrer plus zéro rade dans cette zone industrielle égal chacun se casse de son côté. Quand il s'est agi de faire grève à cause des accidents du travail, ou des intérimaires, ou de la durée des pauses, tu ne sais plus, ils étaient à peine dix ; et six se sont fait virer. Tu as bien fait de la jouer *low profile.* Sur Internet, tu as découvert que le patron de ta boîte, un Américain, est le troisième homme le plus riche du monde.

On te souffrait quand tu sortais en ville. Certains gestes, certaines intonations marquaient une altérité que tu as été à la longue obligé d'intérioriser. Toi, tu ne te sentais pas différent des visages pâles qui entraient au Pacha Club quand tu devais encore attendre dehors ; tu ne te sentais pas différent des connards qui rigolaient à la table voisine assis à côté de meufs pimpantes – sauf que tu te demandais où ils les trouvaient, leurs amis, comment on devenait une bande de potes ; est-ce qu'ils avaient grandi ou fait leurs études ensemble ? Ils parlaient de partir en vacances en groupe. Toi, tu n'es parti qu'une fois en vacances, à douze ans, au bled, où les jeunes de ton âge t'ont laissé à l'écart pendant un mois, même tes cousins. Pas à ta place. Nulle part à ta place. Et toujours cette impression diffuse, insidieuse, poisseuse que rien ne changera, que tout est figé, joué d'avance. Certains se faufilent dans les interstices, mais soit ils basculent dans l'autre camp, comme Djamel Debbouze ou Omar Sy, soit on les dénigre, on les fracasse, de Samy Nacéri à Karim Benzema ou Samir Nasri, qu'on ne sélectionne plus en équipe de France parce qu'il ouvre trop sa gueule.

Il faut se faire petit, comme tes parents, dire bonjour et merci.

Et les Palestiniens, ils devraient dire merci à Israël peut-être ? Les civils qui meurent sous les bombes occidentales en Syrie, ceux qui les pleurent, ils devraient dire merci ? Le sentiment d'injustice attise ton courage. Bon, on y va ?

Des fourmis dans ta jambe droite. Tu crèves de chaud. Bientôt tu vas crever tout court. Mourir, c'était un concept. Un mot. Une scène de film avec Bruce Willis ou Russell Crowe. Dans ces films d'action que tu aimes (comme moi), même quand ils meurent, ils ne meurent pas vraiment.

Est-ce qu'on aurait pu être potes, toi et moi ? Jouer au foot ou boire des coups ensemble ? Se raconter *Un Singe en hiver* ou *Le Magnifique*, tu connais par cœur toutes les répliques de Belmondo, dont tu es fan et que tu imites à la perfection nous apprennent tes voisins. Ils n'en reviennent pas, cadrés plan serré, Iblis si serviable, si gentil, si discret, vous êtes sûrs qu'on parle bien du même ? Il était drogué alors ? Oui c'est le même et non, pas de traces de drogues.

EXCLUSIF ! LES PROCHES DU TERRORISTE NOUS RACONTENT !

À la mosquée, on te voyait peu, tu ne faisais pas partie des plus religieux. Tes frères et tes parents trouvaient que tu allais mieux depuis quelque temps. Ils ne le savaient pas mais tu avais donné un sens à ta vie – c'est apaisant et rassurant, n'est-ce pas ? Du moins l'était-ce jusqu'à maintenant, parce que la mort sanglée à ton torse commence à peser et à te peser, pourquoi c'est aussi long ? Ouvrir la portière et t'enfuir, ce serait si simple. Tu poses la main sur la poignée.

— *Allahu akbar,* on parlera encore de nous dans mille ans, affirme Saala avec conviction en se tournant vers toi.

Tu lâches la poignée de la portière. Tu vas te faire un nom. L'heure de gloire. Tu ne peux retenir un pet sonore. Éfrit te rabroue du regard tout en continuant à psalmodier.

6

Je pénètre dans la salle.

Sur scène, une jeune femme remercie le public, qui applaudit plutôt chaleureusement. Les lumières se rallument. Je suis arrivé pile à la fin de la prestation de la première partie. Je m'approche du bar avant qu'il soit inaccessible et commande une bière. En attendant d'être servi, je scanne les alentours pour tenter de repérer des têtes connues. J'ai travaillé presque dix ans dans l'industrie musicale et assisté à tellement de concerts qu'à chaque fois je croise en général au moins une connaissance. Pas ce soir. Il faut croire que je me fais vieux. Mon bien-être n'est pas altéré par la cherté de la bière.

Les *roadies* s'affairent pour le changement de plateau. Débrancher les amplis et les micros, enrouler les câbles, ranger le matériel dans les *flight cases,* puis ceux-ci dans le *tour bus,* scotcher les médiators sur les pieds de micro, la *set list* au sol devant les retours : j'ai effectué les mêmes gestes au début de ma vie professionnelle, avec sans doute la même expression de fierté cool un brin hautaine qui proclame : « Moi aussi je fais partie du show, je suis *on stage* » (même si c'est pour *plugger*[1] des *jacks*[2] ou accorder des guitares).

J'ai connu mon heure de gloire d'assistant-régisseur un 15 novembre, à l'Olympia. Sur scène, Les Innocents. Je suis en coulisses, à jardin. Soudain, la sangle de la guitare de Jipé Nataf se décroche. Il continue à jouer et chanter en lançant des œillades désespérées dans ma direction. Je m'attends à ce que Vince, le régisseur général, ou un des *roadies* habituels du groupe se précipite. Rien. Alors je fonce dans la lumière et, tremblant, affolé, je raccroche la sangle. Je me souviendrai toute ma vie du regard reconnaissant et du sourire de Jipé. Plus tard, je l'estomaquerai en lui déclarant, candide, que leur musique n'est pas trop ma came sur disque mais qu'en *live,* ils m'ont épaté. Après une seconde de silence, il éclatera de rire. « Bah toi, au moins, t'es cash ! » J'étais surtout un petit con.

Ma (mauvaise) bière en main, je vais prendre position à droite de la console entourée de barrières métalliques derrière laquelle le sonorisateur d'Eagles of Death Metal trône déjà, conscient de son importance, potentat bedonnant et tatoué d'un royaume de quatre mètres carrés, d'autant plus fiérot que le rejoint une

1. Dans le rock, on *plug,* on ne branche pas.
2. Dans le rock, on ne dit jamais : « Fiche comprenant deux conducteurs coaxiaux.»

affriolante pin-up au look *highly* rock'n'roll (tatouages, piercings, minijupe écossaise sur collants déchirés et Dr. Martens). Il est facile de comprendre pourquoi c'est là que le son d'un concert est le meilleur. Si je suis pris par l'énergie, je me rapprocherai de la scène. Avec certains groupes, il est impensable de ne pas être dans les premiers rangs, là où le plaisir devient physique, où les corps prennent le contrôle, où l'on saute, bouge, danse et sue ensemble. Lors de l'un de mes premiers concerts, Simple Minds à Brest, j'ai perdu une sorte de mocassin dans la houle humaine qui me déportait vers la gauche. Je l'ai retrouvé par miracle lorsque les corps agglutinés ont flué vers la droite.

Depuis, je choisis avec soin ce que je porte aux pieds quand j'assiste à un concert de rock, souvent virulent, voire agité. Rien de trop fragile ni de trop délicat. En général, j'enfile mes Dr. Martens ou, comme ce soir, mes santiags. La basket n'est pas très rock, sauf la Converse All Stars punkisée par les Ramones, mais y a-t-il chaussure plus inconfortable – sans parler de l'esthétique... ? Et puis, *coming out* que beaucoup de puristes ne me pardonneront jamais, je n'aime pas les Ramones. Par contre, j'aime les chaussures. J'en possède une douzaine de paires, toutes d'excellente facture. Je les paye cher, les choisis indémodables, d'une élégance intemporelle (du moins ça me fait plaisir d'y croire) et les garde très longtemps. Ces santiags en ont fait, des concerts !

Je m'adosse à l'un des poteaux qui soutiennent le balcon, dans cet état d'abandon au monde qui autorise les pensées à se former seules, à baguenauder sous le crâne, à se démultiplier pour en faire naître d'autres, que je ne contrôle ni ne creuse.

Je suis bien. Parmi les miens.

À ma droite, des gens montent et descendent les trois marches qui mènent à la fosse (ou au bar, suivant le sens dans lequel on les emprunte). J'observe, sourire aux lèvres, détendu. J'aime cette atmosphère. Mes coreligionnaires et moi sommes réunis dans la même attente, prêts à communier. Heureux. Ils sont mes semblables, mes frères, nous sommes liés par le rock. Bienfaisante empathie. On peut trouver sur Internet une certaine photo prise depuis la scène juste avant le concert. Je l'ai téléchargée et la regarde de temps à autre pour saluer ces amis que je ne connais pas. Des visages joyeux, des *mani cornute* bras levés, des sourires. Complicités. De vraies vies, de vraies personnes, avec des histoires et des espoirs, des secrets et des mesquineries, des générosités. Ami, voisin, prof de danse de votre fille aînée, caviste du boulevard. De vrais rires, des potes, des amoureux. On distingue ma silhouette, au fond, contre le pilier. Je me demande chaque fois qui sur cette photo... Bref, vous savez ce que je me demande. Presque toutes les victimes sont plus jeunes que moi.

La fosse se remplit, certains jouent des coudes pour se placer au mieux. Je repère les vieux de la vieille, bagouses à tête de mort et cuir râpé, rouflaquettes et t-shirt délavé Jon Spencer Blues Explosion ou AC/DC, minoritaires au milieu des hipsters arborant tous peu ou prou le même look : barbe soigneusement taillée, oreilles et nuque bien dégagées, mèches plus longues au maintien impeccable sur le dessus, pantalon un peu trop court. J'essaie de les imaginer sans cette apparence travaillée, m'amuse du résultat, me demande pourquoi ils ont envie de ressembler à leur voisin, souris aux blagues pourtant pas très bonnes du petit groupe à côté de moi. Deux quarantenaires tatouées s'arrêtent non loin, je capte quelques mots en allemand, une fille passe derrière moi en riant dans son téléphone : « T'es où, je ne te vois pas… Lève les mains… Non, je ne vois rien, je suis trop petite.» Je lui indique où se trouve son ami, dont j'ai vu les bras se dresser au milieu de la fosse. Elle me remercie. Sont-ils morts, aujourd'hui ? Mais si je n'avais pas aidé cette jeune femme, elle aurait peut-être demandé à son ami de la rejoindre au bar. Et là, les chances d'y rester n'étaient-elles pas plus grandes ? Morts aussi, les hipsters que j'ai (gentiment) brocardés en mon for intérieur et qui se trouvaient en plein dans le passage ? Seulement blessés ? Avec une balle dans le corps, on ne pense plus du tout à son look.

L'impatience monte dans la salle. Qui commence à taper dans ses mains. Ce grand corps frissonnant, excité, veut sa dose. Des retardataires se fraient un chemin vers la scène, gobelets de bière à la main. Probabilité pour qu'ils aient été touchés : très grande. Les conversations sont moins animées, les regards tournés vers les instruments orphelins et les amplis muets. La foule se compacte.

Noir. Cris de joie. Acclamations. Je souris. Je suis bien. Parmi les miens.

Le groupe arrive sur scène. *Mani cornute* tendues vers le ciel dans toute la salle. Premiers riffs, premiers larsens, du rock, de l'énergie, en communion, putain ce que c'est bon !

À 21 h 40, ou 42, ou 47, ils ne sont pas fichus de se mettre d'accord, bruits de pétards, les musiciens se figent puis quittent la scène en courant, des cris, du mouvement, ce ne sont pas des pétards, « Couchez-vous ! Couchez-vous ! »

Je me jette au sol.

Là commence le roman – à moins qu'il n'ait commencé sans me prévenir.

Vu du dehors – III

Je ne sais plus comment ça a commencé, de quelle manière j'ai appris que Paris était livré aux assassins, comme dans la chanson de Reggiani : *Les loups sont entrés dans Paris.*

Tiens, l'autre jour, on m'a raconté que des études très savantes, probablement américaines, les savants ne sont plus en France ou ça se saurait, avaient établi avec certitude qu'un roman ayant le mot « Loup » dans son titre avait cent pour cent de chance de se voir couronner de succès par le public. La preuve : *À l'ombre des jeunes loups en fleur, Les Loups de Hurlevent, L'Écume des loups, Marguerite n'aime pas ses loups.*

Quel média a rapporté en premier, en bon cafteur du premier rang, que le soir du 13 novembre basculait en surenchère dans l'horreur ? Ai-je pris connaissance de la nouvelle par une alerte sur mon téléphone portable, en regardant les infos peu après l'heure du dîner, ou en suivant mon fil d'actualités Facebook ? Ainsi sommes-nous à tout moment sollicités par des nouvelles aussi futiles qu'exceptionnelles qu'elles finissent par se confondre, se dévorer entre elles, tels des loups impatients de sang et de sensationnel.

Très vite, dès les premières fusillades aux terrasses des cafés, je suis devant l'écran télé complètement sonné, abasourdi, aussi inutile que les journalistes envoyés sur place. Il y a un truc assez cocasse qui se produit quand arrive la stupeur du Bataclan : les journalistes dans la précipitation parlent du groupe « Eagles ». Eagles ? Ceux qui ont des guitares à deux manches et qui ont chanté *Hotel California,* une des rares chansons que je sais jouer à la guitare et grâce à laquelle je séduisais des Norvégiennes par douzaine au mois de juillet, à 19 ans, sur des plages au soleil qui, lui, contrairement à moi, était au final couchant.

Les Eagles se sont reformés ? Ils jouent au Bataclan ?

Les minutes qui passent finissent par réparer les bévues énoncées dans la panique. Toutes les sources concordent à dire que la salle de concert est en ce moment même le théâtre d'un carnage sans précédent à Paris. Et puis, très vite à nouveau, une alerte Facebook, c'est Jeanne la compagne d'Erwan qui vient de créer un groupe dans lequel elle nous apprend, mes nouveaux partenaires du club des effarés et moi, qu'Erwan se trouve parmi les spectateurs du Bataclan pour le concert des Eagles of Death Metal, qu'il est sorti sans son téléphone portable, qu'elle donnera des nouvelles à notre groupe dès que possible. Dès qu'elle en a. Choc imprévisible en dedans. Qui se creuse et s'ajoute à la fois dans le choc collectif. Rendu incrédule par la peur, je file aussitôt sur la page Facebook d'Erwan et son dernier message, plein d'euphorie du mec libre comme c'est pas permis, qui vous aime, vous emmerde, et va assister à un bon concert de rock où il compte bien pogoter comme un fou, confirme sa présence en plein la boucherie aveugle orchestrée par les barbares et dont la mise en scène commence à être relayée à la télévision. Au fur et à mesure que les minutes et les heures passent, je reste cramponné au fil Facebook ainsi qu'aux écrans des chaînes infos. Des coups de feu du départ, on est passé au gang organisé des fondamentalistes shootés à je ne sais quelle aberration et bien décidés à faire le plus de victimes possible. Je me dis alors qu'avec la dégaine de mon copain, il ne va pas faire long feu. Son look de Jésus de Nazareth, dégingandé, cheveux hirsutes... Si ces connards tombent sur lui, il n'y a que deux solutions : soit ils l'allument direct, soit ils se convertissent au christianisme.

Encore du temps qui passe, des pelletés d'angoisse, de nouveaux intervenants dans le club des effarés, toujours pas de nouvelle rassurante en provenance de Jeanne, mais il y a un côté rassurant, tout de même, dans la création éphémère de ce groupe Facebook, comme si Jeanne prenait soin de nous, de notre stupeur, qu'elle peut délivrer à tout moment.

Après l'effroi et l'angoisse, c'est maintenant la colère qui me domine. Colère contre ces barbares – qu'est-ce qu'ils croient ? –, colère contre ma patrie incapable de protéger sa jeunesse

– alors voilà, on peut débarquer à Paris avec des kalachnikovs et ouvrir le feu au hasard, ou pas forcément au hasard mais sur n'importe qui – et Dieu est dans n'importe qui –, colère contre Erwan qui sort sans téléphone portable – comme si ça pouvait changer quelque chose à ce moment-là –, et colère à nouveau contre Erwan parce que je suis certain que, quand il va sortir de cet enfer, il ne va même pas leur en vouloir, il va continuer à regarder le monde avec sa tête de cyber ludion au charme en bandoulière – et c'est tant mieux.

Je ne sais pas si cette colère me rassure, me prouve qu'il est vivant et qu'il va sortir de cette merde bien vivant, mais je n'arrête pas de répéter ça à mon amoureuse : « Je suis certain qu'il ne va même pas leur en vouloir ! »

Je passe la soirée chez mon amoureuse, dans le 12e arrondissement. On doit être sur la route des secours – en même temps, ils doivent affluer de partout – parce que durant toute la nuit c'est un ballet ininterrompu de sirènes. Pas celles chorégraphiées par Bugsy Berkeley et qui tombent une à une dans l'eau plane aux reflets scintillants d'une piscine olympique, mais celles qui vous transpercent l'oreille et vous tapent sur le système longtemps après qu'elles se sont tues. Comment se remettre de ça ? Comment remonter à la surface ? On apprend maintenant qu'il y a des otages. J'ai envie d'aller chercher un mégaphone et de hurler à l'attention de ces lâches : « Libérez Erwan Larher ! Vous ne pouvez pas en faire un poète maudit, il n'a même pas encore publié un recueil de poésie ! » Au final, aucun otage ne sera tué, comme si leur retombée d'acide avait dissuadé les criminels de poursuivre leur massacre, ou bien comme s'il était plus simple de dégommer des gens dans le dos et par surprise que quand ils évoluent à vos côtés. Les lâches. Les lâches à l'épreuve de notre lâcheté. Personne ne parle de ça mais quelle société, quelle religion, peut tolérer d'être représentée par de tels lâches ? Ce sont avant tout des lâches, et ces abrutis de médias qui vont dans les semaines à venir afficher leurs portraits à longueur de bulletins d'actualité comme pour les érotiser, comme pour en faire des icônes prêt-à-porter pour tous les décalqués du bulbe et les médiocres de ce monde qui rêvent de revanche sur leurs propres défaillances en s'en prenant aux autres.

Comment remonter à la surface ? Parfois je me sens comme une sirène de Bugsy Berkeley qui touche le fond du bassin et qui en remontant s'aperçoit qu'on est passé, qu'on a régressé, d'un musical des années 30 à *La Chair et le Sang* façon Paul Verhoeven.

C'est dans la nuit ou au petit matin je ne sais plus bien que Jeanne nous apprend qu'Erwan est sain et sauf, qu'on prend soin de lui à l'hôpital de Créteil, qu'il n'y a rien de trop grave.

Rien de trop grave ? On en est là ? Ah, je suis certain qu'il ne va même pas leur en vouloir !

7

Il a peur. Envie de pisser. Il voudrait s'enfuir. La ceinture explosive pèse lourd et limite ses mouvements. Ça pue dans la bagnole, et ce con d'Éfrit n'en finit pas de prier. Assis au volant, Shaitan reçoit un SMS et donne le signal. Enfin !

C'est parti !

Iblis sort de la voiture. S'immobilise une seconde et profite de l'air frais sur son visage. « Qu'est-ce que tu fous ? » lui lance Saala, qui se poste calmement en face du Bataclan Café et ouvre le feu, au coup par coup. Éfrit reste passage Saint-Pierre-Amelot, pour surprendre les spectateurs qui s'enfuiront bientôt par les issues de secours. C'est le plan : prendre la foule en tenaille. Iblis se dirige vers l'entrée de la salle et tire sur un vigile. Tire sur tout ce qui bouge, les mains moites, calme malgré tout. Il se voit de l'extérieur en même temps que la scène se déroule sous ses yeux – l'effroi dans les regards, le sang en geysers. Grand. Invincible. La toute-puissance a englouti la peur.

Ils montent les escaliers. Personne derrière le comptoir du vestiaire. Iblis pousse les portes battantes pour pénétrer dans la salle et canarde l'obscurité en mode automatique. Saala se dirige vers la droite. Les corps tombent. HURLEMENTS. Rafales sur la gauche. Éfrit a dû entrer, se dit Iblis, qui enclenche un nouveau chargeur dans son arme. Il passe en mode semi-automatique et avance vers la fosse, dégommant des spectateurs stupéfaits. *BAM ! BAM !* Beaucoup de corps au sol. De mouvements de tous côtés. Il tire sur ceux qui bougent. Un coup à gauche, un coup à droite. HURLEMENTS. À sa gauche, la console son, renversée derrière des barrières métalliques. *BAM ! BAM !* Adrénaline. Sueur qui dégouline dans son cou. Allégresse. Exaltation. Omnipotence.

Vengeance.

Il descend en tirant les trois marches qui mènent à la fosse. Un coup à gauche, un coup à droite. Des corps partout, enchevêtrés, râlant, agonisant, recroquevillés. Il va achever un blessé à ses pieds quand soudain, la salle s'allume en grand. Alors il passe en mode automatique, lève son arme et arrose la panique, la sidération et les HURLEMENTS.

8

Bruits de pétards se demander ce qui se... est-ce dans le show ou... « couchez-vous ! couchez-vous ! » (Qui sont les héros qui hurlent cet impératif sous le feu ?) tu te jettes au sol.

Bruits de pétards tu tournes la tête à gauche étincelles bouts de plâtre qui tombent est-ce dans le show ou... « couchez-vous ! couchez-vous ! » tu te jettes au sol.

Bruits de pétards tu captes sur la scène un des musiciens interdit exposé deux autres se carapatent ce n'est pas dans le show « couchez-vous ! couchez-vous ! » tu te jettes au sol.

Il est 21 h 40 selon certaines sources, or la dernière conversation téléphonique passée du portable de Shaitan ensuite abandonné dans une poubelle l'a été à 21 h 42, or les caméras de surveillance de la rue affirment que l'assaut a commencé à 21 h 47.

Quelle importance ?

Dedans, le temps abdique. Le réel se distord en surréel. Extérieur dissout, l'enclave devient tout, le moment l'univers, rien d'autre, nul ailleurs car aucune échappatoire.

L'hyper horreur est une faille spatio-temporelle.

Bruits de pétards « couchez-vous, couchez-vous » tu te jettes au sol tout se superpose s'entremêle Sigolène des étincelles et des éclairs des cris l'odeur de chaud et de poudre et ça continue à claquer bruit sec mat atroce. Le bruit de la guerre, oui, c'est ce bruit-là la guerre, aucun doute, Oliver et son piège à taupes, tu es à terre, position fœtale, c'est quoi ce bordel ?

Tu te colles contre la barrière qui délimite le royaume en péril du sonorisateur, les cris putain les cris ! et le staccato létal qui ne cesse pas, les cris, le bruit des courses, la guerre, l'impensable, la sidération, les HURLEMENTS, je suis dans l'action, je les vois essayer de s'enfuir, je presse la détente, *BAM ! BAM !* ils tombent, ils hurlent, est-ce que Saala crie lui aussi en déchargeant son arme sur ces bobos apeurés, suppliants, qui se bousculent, se piétinent, choient désarticulés les uns sur les autres ? Je suis la toute-puissance, je suis la vengeance, je suis un héros, je suis Bruce Willis, je passe les niveaux de *Call of Duty, easy,* ce kif putain ! Je me suis déjà vu marquant le but de la victoire en finale de la Ligue des Champions, c'était pas aussi bon ; les filles, ça n'a jamais été aussi bon. Chargeur vide. Éfrit me regarde, il éclate une tête à bout portant avec un grand *smile,* c'est un malade, ce mec.

Tu es la vengeance. Tu es Iblis. Tu as envie de crier ton nom. Qu'ils sachent. Qu'ils se souviennent. Es-tu un héros ? Es-tu un lâche ? Tu es là tout entier, là pour la dernière fois.

Je suis couché au sol. Tassé contre la barrière. Les tirs se rapprochent. Certains au coup par coup désormais il me semble. *Bam ! Bam !* Je ne vois rien. J'entends la guerre. La panique. Cataclysme sonore. L'odeur agresse aussi, âcre et douceâtre, le sang et la poudre, les tripes, même les cris ont une odeur de mort, des fumerolles de cris, des injonctions, Bouge pas ! *Bam ! Bam !* Je t'avais dit de pas bouger !

Ai-je peur ? Sans doute, mais ce n'est pas de la terreur. J'essaie de disparaître contre la barrière métallique, de fusionner avec elle – j'ai compris que je ne parviendrais pas à me glisser dessous pour me planquer derrière la sono. D'autres corps couchés, derrière, à côté. Des chuchotements entre les rafales, entre les cavalcades. Je ne vois rien. Je ne sais pas ce qu'il se passe, seulement que nous sommes attaqués. Je voudrais entrer dans le sol. Devenir parquet. Je suis face à ma fin. Pour la première fois.

La fin.

Plus de moi.

Je : dissous.

Moi : dissous.

Comment le monde pourrait-il continuer à être si je ne suis plus ? Il ne peut pas me survivre, n'est-ce pas ? Si je meurs, le réel meurt, vous mourez tous. J'ai entendu ma grand-mère maternelle affirmer qu'elle voulait partir, qu'elle était fatiguée de vivre. Cela lui demandait trop d'efforts. Cela ne l'intéressait plus. Est-il possible qu'un jour on n'ait plus envie ? Qu'on soit lassé de tout ? De *tout*, vraiment ? Comme un album trop écouté, une chemise trop portée, peut-on ne plus supporter la vie ? Là, en devenir-parquet, devenir-barrière, je ne sais pas si j'ai peur, je ne prie pas, mais je ne veux pas mourir, c'est certain.

Je veux ne pas mourir.

(Je pense : quand c'est un rêve, on se réveille juste avant.)

Rafales, la guerre, les HURLEMENTS, mon incrédulité, mon saisissement, *BAM ! BAM !* je ne vois rien, je n'ose tourner la tête, j'entends. *BAM ! BAM !* Bouge pas ! *BAM ! BAM !* Ta gueule ! *BAM ! BAM !* (Ai-je quelque chose à expier ?) *BAM ! BAM ! BAM !*

Tu tires sur ton mal-être et ta jalousie. Tu tires sur tes envies inassouvies et ta frustration, tu tires comme John Rambo ou Al Pacino, tu tires sans savoir, sans morale. Tu tires parce qu'on ne t'a jamais tiré dessus – sinon, Iblis, je te jure que tu aurais ouvert la porte de la voiture et que tu te serais barré. Tu tires parce que tu es là et qu'il le faut bien maintenant. Tu tires sur ton ennui et la soumission de tes parents, sur Mathieu Valbuena, Barak Obama, Shimon Peres, Didier Deschamps et *Charlie*. Tu tires sur ton destin talé, sur l'injustice, sur les mécréants, sur ceux qui font du mal à ceux que tu crois tes frères. Tu tires rageur, les dents serrées. Ou en riant. Tu tires dès qu'un portable sonne, dès qu'une tête dépasse, Néron de ton dérisoire et funeste pandémonium, bras armé d'une loi du talion pervertie. Tu dégommes ta voisine peut-être et peut-être l'ami d'un collègue. Tu voulais de l'action ? En voilà ! Ça hurle, ça gicle, ça s'écroule en beuglant, magma informe, tu mitrailles, des ombres essaient de s'enfuir pendant que tu recharges mais elles ne vont pas assez vite, tu leur tires dans le dos, dans les jambes, tu es un chevalier, tu es un vengeur, tu dessoudes le physio qui t'a refoulé, le flic un chouïa raciste qui t'a serré une fois avec une petite savonnette, le mec que t'as entendu un jour à Toulon raconter avec son accent de merde à son copain de pastaga que le pluriel d'un Arabe au portail, c'est des melons au porto. Ils ne savent pas qu'il existe, ce racisme-là, les bourges sur lesquels tu décharges ta haine à 600 projectiles par minute, les petits blancs qui râlent et meurent étouffés par leur propre sang, ces humains que tu as faits ennemis, concepts, cibles, exutoires à ta rancœur incanalisable. Ils ne savent pas parce que le racisme, c'est comme prendre une balle dans le corps : il faut l'avoir vécu. Ils ne savent pas et ils penseraient que tu exagères si tu leur racontais tout, si tu avais les mots pour, s'ils t'adressaient la parole ; mais non, ils restent entre eux aux terrasses des cafés à la mode, ils dansent entre eux sous la garde de vigiles noirs, ils baisent entre eux, oublieux ou ignorants des fellaghas torturés, des morts de Charonne. Tu ne sais même pas ce que c'est, Charonne, ni les accords Sykes-Picot, ni le panarabisme ; tu ne sais pas qui sont Soliman le Magnifique, Mustafa Kemal, Ibn Tufayl ou Avicenne ; tu n'as pas de conscience politique, pas de racines dans le passé. Tu es juste un doigt sur une gâchette dans le présent permanent de la postmodernité ; tu es juste le bandeau déroulant des chaînes d'informations en continu ; tu es Columbine qui débarque en Europe, importé par l'ignorance et la cupidité. Tu étais là dans les lignes de Debord et de Bourdieu, dans celles de Bruno Étienne et de Tocqueville, mais la pensée ne rend rien à l'écran, la pensée ne rapporte pas – surtout pas dans les urnes –, la pensée éclaire mais certains ont besoin de monstres tapis dans l'obscurité pour vendre leurs distractions.

Tu es le néant, l'Apocalypse, tu n'as jamais lu le Coran (contrairement à Éfrit, qui insulte ses victimes en arabe), tu n'as jamais rien lu d'ailleurs.

Tu n'es rien.

Alors tu tires.

Pour devenir.

Depuis 21 h 40, ou 42, ou 47, ce n'est plus mon histoire. Parce que tu as fait de moi une barrière, un parquet, un animal, et que ni l'une ni les autres n'ont d'histoire.

Vu du dehors – IV

Romain Renard Euuh. ça va?
J'aime · Répondre · 13 novembre 2015, 22:40

Anne Icart Erwan ?
J'aime · Répondre · 13 novembre 2015, 22:46

Sandra Reinflet Putain EL, ça va ? (flippe / pensée pour toi)
J'aime · Répondre · 1 · 13 novembre 2015, 22:47

Vania Pagano Oh! Espérant que tu ailles bien.
J'aime · Répondre · 13 novembre 2015, 22:47

Eloïse Lièvre Merde Erwan, tu es là-bas!
J'aime · Répondre · 13 novembre 2015, 22:52

Mathieu Reumaux Habla?
Voir la traduction
J'aime · Répondre · 13 novembre 2015, 22:52

Esther Launey Allo ???? Ça va ???
J'aime · Répondre · 13 novembre 2015, 22:53

Delphine Bertholon Oui please Erwan, donne des news (ça a pété aussi en bas de chez moi, je flippe à mort).
J'aime · Répondre · 13 novembre 2015, 22:55

Sandrine Lebars Erwan donne de tes nouvelle s'il te plaît s'il te plaît !!!!!!
J'aime · Répondre · 13 novembre 2015, 22:56

Cedric Fabre Erwan !
J'aime · Répondre · 13 novembre 2015, 23:01

Franck Courtès Le premier qui a des nouvelles d'Erwan peut il informer les autres svp?
J'aime · Répondre · 10 · 13 novembre 2015, 23:04

Sandrine Lebars J'ai pas son numéro moi quelque à essayé de l'appeler ???
J'aime · Répondre · 13 novembre 2015, 23:05

Franck Courtès oui il répond pas
J'aime · Répondre · 13 novembre 2015, 23:06

Votre réponse...

Cedric Fabre Il y a qui d'autre avec lui, quelquun sait ?
J'aime · Répondre · 13 novembre 2015, 23:06

Sigolène Dunmassifduchili Erwan n'a pas son portable avec lui. Personne n'a de nouvelle.
J'aime · Répondre · 1 · 13 novembre 2015, 23:06

Cedric Fabre On a son numéro, oui... On ose pas appeler.
J'aime · Répondre · 13 novembre 2015, 23:07

Cedric Fabre Parano totale...
J'aime · Répondre · 13 novembre 2015, 23:07

Sigolène Dunmassifduchili Pas la peine d'appeler, il n'a pas son téléphone.
J'aime · Répondre · 13 novembre 2015, 23:07

Peggy Martineau ??
J'aime · Répondre · 13 novembre 2015, 23:09

Séverine Laus-Toni L'angoisse totale.......
J'aime · Répondre · 13 novembre 2015, 23:12

Judith Azoulay Erwan donne nous des news...des que tu peux, jet en prie
J'aime · Répondre · 13 novembre 2015, 23:20

9

Le chaos ? L'enfer ? Des mots. Qui ne peuvent habiller la situation. Seul un présent calme, un présent civilisé se laisse décrire sur le vif, apprivoiser de vocables. On ne dit la sauvagerie et la barbarie vécues qu'au passé, dépris de l'horreur, limité par les gerçures et fondrières de la mémoire, distancié par des phrases, des adjectifs, un lexique élimés mille fois, endossés par d'autres, qu'il faut, entre technique et relâchement, agencer pour qu'ils rendent *a posteriori* l'effroi.

Le chaos. L'enfer. Des mots pour l'extérieur, pour ce monde du dehors avalé par le vortex de la surviolence, ce monde que tu ne reverras plus – du même œil au mieux.

Tu ne penses ni chaos ni enfer car tu ne penses plus. As-tu peur ? Plausible. Voire tellement au-delà que tu n'as plus peur. Sauver ta peau. Te recroqueviller, position fœtale, contre la barrière. Tu ne vois rien, tête glissée sous le tissu noir qui habille le métal. Sauver ta peau en te faisant petit, invisible, dans le tumulte et la cacophonie, la puanteur chaude des viscères et de la poudre. Au premier plan une détonation, proche. Un cri aussitôt. Puis une autre détonation, plus près. Un autre cri. Guerre. Mort. En réchapper. Tendu vers la survie. Tu n'es que survie. Rapetisser. Disparaître. Couard ? Une détonation, vraiment pas loin. Un cri. Une détonation. Ça claque. C'est sec. Iblis se rapproche. Exécute. Autour, le chaos toujours (l'enfer ?), mais tu n'entends plus que ces tirs au coup par coup qui viennent vers toi. Impuissance. Tout ton être se détend. Couard ? Peut-être. La question se pose-t-elle, si près de la mort ? Une détonation, juste derrière toi cette fois.

Tu ne vas pas y échapper.

Une balle de calibre 7,62 tirée à bout portant pénètre dans la chair à environ 700 m/s, soit plus de 2 500 km/h, soit environ deux fois la vitesse du son.

Donc la balle de calibre 7,62 t'est sans doute entrée dans le corps avant que tu entendes la détonation.

Tu hurles dans un bond. Faire le mort penses-tu aussitôt putain la douleur il sait que tu n'es pas mort il est au-dessus de toi putain la douleur BORDEL il va t'achever d'une balle

dans la tête.

Une balle dans la tête.

C'est certain.

Suspension du temps (oui, il peut s'arrêter).

Tu es calme.
Tu vas mourir.

Suspension du temps (oui, il peut s'arrêter).
Tu es calme. Tu vas mourir.
D'une balle dans la tête – pourquoi t'épargnerait-il ?
Ta vie ne défile pas.
Tu es calme malgré la douleur physique.
Ça aura été court, te dis-tu, placide. Trop court.
Pourvu que ça ne fasse pas mal, que ça aille vite.

Tu affirmes volontiers, quand la conversation s'y prête, ton fatalisme. Ce qui arrive devait arriver, la preuve, ça arrive. Et pour toi, c'est fini. Il va t'achever. Tu ne l'as pas vu. Tu ne sais pas qui il est. Tu ne sais pas pourquoi il va te tuer. Aucune revendication n'a encore été lancée, le carnage vient juste de commencer – même s'il dure depuis deux mille ans.

C'est ton tour d'y passer,

dans la sérénité de cette atemporalité subite
de cet infini minuscule –

antichambre de l'éternité ?

Pas de film de ta vie en accéléré. Pas de pensées pour tes proches. Pas de crise ni de sanglots. Un grand calme. Surtout pourvu que ça ne fasse pas mal, que ça aille vite.

Faire le mort je pense aussitôt putain la douleur il sait que je ne suis pas mort il est au-dessus de moi il va m'achever une balle dans la tête voilà c'est fini ça aura été court trop court pourvu que ça ne fasse pas mal que ça aille vite.

Adrénaline, sueur qui dégouline, allégresse, exaltation. *BAM !* Toute-puissance. Vengeance. *BAM !* Iblis descend les marches qui mènent à la fosse. *BAM !* à droite. Devant, corps enchevêtrés, râlant, agonisant, recroquevillés. À sa gauche, la console son, renversée derrière des barrières métalliques. *BAM !* À ses pieds, le mec fait un bond de ouf, trop drôle. Il va l'achever, une balle dans la nuque, propre, quand soudain, la salle s'allume en grand. Alors Iblis passe en mode automatique, lève son arme et arrose la panique, la sidération et les HURLEMENTS.

La balle ne vient pas. La fin ne vient pas. Elle ne viendra pas, du moins pas tout de suite, comprends-tu au moment où les douilles qui s'éjectent de l'arme d'Iblis te pleuvent sur le visage, le cou et le dos. Brûlantes. Il ne t'achèvera pas. T'a-t-il seulement vu ? Un gisant parmi les autres – des carcasses, dépouilles, partout, couchées, disloquées, amas.

Tu es vivant. La douleur te fragmente mais tu peux bouger les jambes. Tu n'es pas paralysé. Ce constat prend toute la place. Blessé, pas paralysé. Tu éprouves du soulagement. Du soulagement, c'est absurde... Ce n'est pas si grave, tu penses, je ne suis pas paralysé. Quelqu'un derrière est agrippé à tes mollets. Tu dois faire le mort. Tu es vivant. Tu perds du sang, une mare tiède se forme sous ta cuisse. Faire le mort. Tu sens les douilles autour de toi. Tu penses : souvenirs. Tu penses : pièces à conviction. Tu en ramasses deux ou trois et les mets dans ta poche.

Elles sont très longues. Tu te demandes à quoi peut ressembler le projectile qui t'a traversé le corps s'il a des douilles aussi gigantesques. Je me suis renseigné : la cartouche mesure 5,6 cm, la douille elle-même 3,9 cm et l'ogive (le morceau de métal pointu qui t'a déchiqueté les chairs), un peu moins de 2 cm, pour un diamètre de 0,762 cm.

Tu penses : survivre. Tu dois faire le mort. Inerte. Caillou. Survivre. Tu penses : vivant. Tu penses : chance. Tu penses : pas paralysé. Tu aimerais que la poigne qui t'enserre les chevilles soit moins ferme, elle se resserre chaque fois que tu essaies de te désankyloser. Faire le mort. Inerte comme un caillou. Pour survivre. Comme Sigolène. Je suis un caillou. Je suis Sigolène. Je suis un caillou. Je suis Sigolène.

10

Sigolène serait dans le top 10 des personnes que tu aimes le plus au monde si on t'obligeait à faire un tel classement. Tu l'as aimée dès que tu l'as vue, dès qu'elle t'a souri, dès que sa douceur t'a enveloppé. Tu tiens à votre amitié comme la bernique au rocher[1]. Elle a traversé une épreuve bien plus traumatisante que la tienne puisqu'elle était dans les locaux de *Charlie Hebdo* le 7 janvier 2015.

Pendant des semaines, des mois, tu t'es trouvé face à elle dans une situation de désemparement aigu, soucieux de la consoler, la réconforter, la soutenir, de lui donner de l'amour en sachant que c'était inutile, que tu resterais à jamais à la surface de son chagrin, comme ces crèmes contre la sécheresse cutanée qui, nous explique-t-on en petits caractères, n'hydratent que les couches supérieures de l'épiderme. Parce que tu es à l'extérieur de son drame. Quelle que soit la tragédie, cette frontière jamais ne disparaît.

1. Tu n'aurais vraiment pas pu trouver mieux ?

C'est celle du solipsisme qu'engendre, ou révèle, tout désastre intime. L'extrême souffrance nous renvoie à notre irréductible solitude, à notre irréfragable individualité, on fait ce que l'on peut pour rester connecté.

Dès que tu comprends que les détonations sont celles d'armes à feu, tu penses à Sigo. Confusément. Entre autres. Ce n'est pas une volonté : Sigolène – ce prénom, ces trois syllabes, des images d'elle et ce qui est relié à elle dans ta psyché – s'impose à ton cerveau. Tu as pour obsession de faire le mort. Malgré la douleur. Malgré ta position inconfortable. Malgré les HURLEMENTS, les tirs, le chaos, le sang qui coule de ta blessure. Sigolène. Qui a survécu. Qui a écrit ce si poétique roman, *Le Caillou.* Quoi de plus inerte et immobile qu'un caillou ? « Je suis Sigolène, je suis un caillou.»

La phrase se forme. Elle commence à t'investir, en boucle. Tu te focalises dessus. Litanie. Mantra. « Je suis Sigolène, je suis un caillou.» Peu à peu, sensation physique qu'un cocon t'entoure. Je suis Sigolène, je suis un caillou. Tirs, cris, bruits de chocs, de chutes, de fuites. L'enfer ? Je suis Sigolène, je suis un caillou. Tout s'éclaircit et s'assourdit à la fois, cristal et ouate. Coups de feu, injonctions des assaillants, tu ôtes doucement tes lunettes et les tiens dans ta main, inepte réflexe. Je suis Sigolène, je suis un caillou. « Vous direz au président Hollande que nous sommes venus venger nos frères assassinés en Syrie ! » Je suis Sigolène, je suis un caillou. Sonneries de portables, presque toujours suivies d'une détonation. « Ta gueule ! », « Bouge pas ! », suivis de détonations. Je suis Sigolène, je suis un caillou, je suis Sigolène, je suis un caillou. Tu ne sens plus la douleur. Tu es là sans être là. Tu ne vois rien de toute façon.

Je suis Sigolène, je suis un caillou.

Dans l'espace délimité par les barrières, de l'autre côté de celle contre laquelle tu es recroquevillé, moitié Sigolène moitié caillou, tu perçois du mouvement. Des chuchotements. Tu ne peux pas bouger. Des coups de feu, des cris, des HURLEMENTS, tu es impuissant. Tu ne peux qu'attendre. Tu vas t'en tirer puisque tu es Sigolène ; ils te croient mort puisque tu es un caillou. Derrière toi, quelqu'un te serre entre chevilles et mollets, juste au-dessus de tes bottines. Tu le ressens d'instinct comme un geste de fraternité désespérée. Cette personne se raccroche à toi. À la vie. Des coups de feu toujours, une explosion soudain. Quelque chose te retombe sur la tête, comme de la poussière – du plâtre, te dis-tu –, plus autre chose d'un peu tiède – un bout de cervelle, te dis-tu. Les assaillants s'amusent à jeter des grenades depuis le balcon du premier étage. Voilà exactement ce que tu te dis : ils *s'amusent* à jeter des grenades. Et ils ont décidé de vous exterminer, là, dans cette salle qu'ils contrôlent. Ils vont vous buter, tous, un par un, personne ne peut les en empêcher. Tu n'as pas peur. Tu es presque serein. Fataliste.

Je suis Sigolène, je suis un caillou.

Ni un caillou ni Sigolène ne sont mortels. Tu ne peux rien faire qu'attendre. Bientôt, c'est le silence, seulement sursauté de détonations de plus en plus lointaines. Un silence inhumain comme jamais tu n'en as vécu.

Je suis Sigolène, je suis un caillou.

Tu flottes, tu n'as pas mal, pas peur. Ataraxique. Au-delà de la lucidité. Couché sur le sol poisseux de sang du Bataclan, la tête dans les douilles, incapable de te lever, sans doute bientôt mort mais léger, calme, Sigolène, caillou.

11

« Vous direz à François Hollande que c'est pour venger nos frères tombés en Syrie ! » Des terroristes. OK, on va tous y passer. Le mec n'a pas d'accent. J'ai honte de le noter.

Je suis Sigolène, je suis un caillou. J'ai deux balles dans les fesses, ou en haut des cuisses, je ne sais pas si elles sont ressorties, je ne me pose pas ces questions – je ne suis pas paralysé, voilà tout ce qui importe. Je saigne. Je ne peux pas bouger. Quelqu'un allongé derrière moi est agrippé à mes chevilles. Je suis le bâton qu'il ou elle ne peut mordre pour s'empêcher de hurler. J'entends la guerre autour de moi. Je flotte, là et absent, Sigolène et caillou.

« Vous direz à François Hollande que c'est pour venger nos frères tombés en Syrie ! » C'est absurde : je n'ai même pas voté pour lui.

Sykes-Picot, on dirait une équipe de double à Wimbledon. Daech, EI, Al-Qaida, on sait que ce sont les méchants. Islam, on voit grosso modo ; sunnisme, chiisme, ça se complique.

Le Moyen-Orient, personne n'y entend rien. Le Proche-Orient, personne ne le situe. Pourtant, on trouve aussi des gentils par là-bas – mais si, voyons ! dans le désert, là où ils vont organiser la Coupe du monde de foot, là où ils ont construit un hôtel en forme de voile –, gentils avec lesquels on fait des affaires, c'est bon pour la croissance, le commerce extérieur, vous ne pouvez pas comprendre, heureusement nous avons des spécialistes, des gens sérieux, pas le genre à écouter Eagles of Death Metal.

On ne parle pas business avant le dessert, chéri.

« Vous direz à François Hollande que c'est pour venger nos frères tombés en Syrie ! »

C'est sûrement Éfrit qui a lancé ça. Lui comme toi n'ignorez pas qu'en tirant à l'arme lourde sur des spectateurs sans défense, sur des blessés au sol, vous n'allez pas faire cesser les frappes aériennes sur les bases d'État Isla-mique. D'ailleurs, sais-tu vraiment qui se bat contre qui en Syrie, Iblis ? Votre massacre aveugle ne sauvera pas un gamin, pas une mère, pas un soldat, je ne t'apprends rien. Tu te payes ton heure de gloire. Tu fais un sanglant doigt d'honneur. Ton père, il en penserait quoi ? Il est taiseux. Ou tu n'as pas eu de père. Humilié à l'usine. Caricaturé par de pseudo-comiques franchouillards sur les ondes, bah quoi ? si on peut plus rigoler. Un Arabe au portail, des melons au porto. Ton père est normand, si ça se trouve, et ta mère kabyle. Un Arabe au portail, des melons au calva, c'est moins drôle. Tu ne venges personne, tu es incapable de placer le Liban sur une carte, tu es paumé, tu as la rage mais contre rien, contre personne, parce que ton ennemi est invisible, tes tourmenteurs insaisissables. Tu es trop basané pour ici, trop occidental pour là-bas, tu voudrais entrevoir un avenir or tu n'y crois plus, on t'a trop menti, égalité et fraternité fracassées aux pieds fourchus du chacun pour sa gueule, tu n'y crois plus alors que comme nous tous tu as besoin d'espérer, besoin de valeurs.

Éfrit t'a raconté la cité, les *bros* qui dealent, les *sis* qui attisent, t'es pas comme eux mais tu les captes, t'es pas comme eux mais t'es tout seul alors tu t'es choisi un combat, des frères, une cause. D'ailleurs, elle ne doit pas être si mauvaise, ou alors vous êtes beaucoup à vous sentir abandonnés vu le nombre d'Européens convertis que t'as croisés à Raqqa, des fils à papa et des petites frappes, des psychos et des couples, la plupart plus islamistes que le Prophète – même si certains ont pris peur et essayé de s'enfuir quand ça a commencé à chauffer vraiment avec les Kurdes et l'Armée syrienne libre. Vous les avez rattrapés et exécutés. Les Kurdes, tu ne sais rien de leur histoire, seulement que ce sont des ennemis et qu'ils se battent vraiment bien. Assaillants et victimes vivons dans le même monde, que nous avons la flemme de décrypter (ne parlons même pas de l'améliorer). Qui lit *Le Monde diplomatique* en entier ? Qui fait les meilleures audiences : France Culture ou RMC ? Personne ne cherche plus à comprendre nulle part, pourquoi voter alors que ce sont tous les mêmes pourris ? C'est plus simple de se regarder de travers, de tirer dans le tas.

Top, dix secondes : capitale de la Jordanie ?

Des dictateurs installés en rempart pour protéger nos pavillons du choc des civilisations. Au moins, ils sont laïcs. Saddam n'était pas le mauvais bougre, après tout ; et on peut dire ce qu'on veut, du temps de Khadafi, on avait la paix.

Question banco : combien de résolutions de l'ONU Israël a-t-il violées ?

Démocratie ? Ils ne sont pas prêts. Ils n'ont pas eu les Lumières, eux. La preuve : regardez ce que ça a donné, leur fameux Printemps arabe... Mais le petit guide qui nous a fait visiter la Vallée des rois, qu'est-ce qu'il était sympa !

Et n'oubliez pas que vous pouvez participer à notre grand jeu en envoyant 1 ou 2 par SMS. Sabra et Chatila sont 1) les membres d'un duo disco italien des années 70 ou 2) des camps de réfugiés palestiniens où les Phalangistes libanais ont assassiné des centaines de civils ?

Et Septembre Noir, des enfants de chœur, peut-être ?

Oh non ! Vous n'allez pas recommencer à parler politique...

« Vous direz à François Hollande que c'est pour venger nos frères tombés en Syrie ! » La Syrie, Iblis, la Syrie ! Tu as entendu parler de la Mésopotamie ? Là qu'est née l'écriture, le berceau d'une des plus belles civilisations de l'humanité (la suméro-akkadienne). Qu'as-tu à dire sur l'empire achéménide et le califat omeyyade ? Sur les marchands d'armes qui ont tout intérêt à ce que ça canarde et bombarde (en France, le plus connu est sénateur-maire et patron de presse)? Sur les Hittites et les Hachémites ? En tirant sur des spectateurs dans une salle de concert, sur des gens attablés à des terrasses de café et de restaurant, tu crois vraiment honorer Dieu (qui n'est rien d'autre (et c'est déjà beaucoup) que l'humanité transcendée)? Réduire les injustices ?

Tu es en colère. On ne peut pas faire ce que tu as fait sans l'être un minimum. Et – c'est terrible à admettre – sans avoir du courage. Sans doute avons-nous tous cette pulsion-là, défendre nos valeurs, nos proches, nos amis, nos enfants bien sûr. Nul besoin d'en avoir pour ressentir ce que l'on pourrait faire pour eux. Tout. N'importe quoi. Même le plus veule d'entre nous est capable d'exploits si l'on touche au sacré. Ne peuvent-ils pas cohabiter, les sacrés ? Sans démarcation entre « eux » et « nous », entre adorateurs et profanateurs ? Pour certains, le simple fait que d'autres n'adorent pas, ou pas comme il faut, revient à profaner. Bon sang, pour prendre une arme de guerre et tirer sur une foule, pour achever des hommes et des femmes au sol, il en faut, de la colère ! Et du désespoir. Du sadisme ? D'où viennent-elles, ces émotions ? D'une faillite de la raison ? De notre échec collectif à maintenir l'effort de civilisation ? Moi aussi je suis en colère. Une colère policée, civilisée. Une colère bourgeoise ? Une colère qui prend la forme de romans, mais tout le monde s'en fiche de cette colère-là. Elle est recyclée par la société marchande, dulcifiée, elle devient sympathique, un enfant qui trépigne, de la came à étals, des sourires en salons littéraires.

De la colère. Du courage. Des combats à mener. Contre ce qui asservit et désespère. Déshumanise. Est-il indispensable de le faire les armes à la main ou peut-on espérer gagner en montrant l'exemple, en semant, en partageant ? Comment faire vaciller les diviseurs, les affameurs, les spéculateurs ? C'est à eux qu'il faut t'attaquer, Iblis. À ceux qui nous montent les uns contre les autres. Attaque-toi à l'ignorance et à ceux qui nous maintiennent dedans. Aux écrans. À l'esprit de concurrence et de compétition. Au veau d'or. Attaque-toi aux ronds-points, aux zones commerciales, aux pesticides. Attaque-toi à l'égoïsme, à la pingrerie. Attaque-toi aux pédophiles et aux conducteurs qui tournent sans clignotant. Fais-nous découvrir Ibn Khaldoun, Abd El-Kader et Oum Khalsoum. Parce que là, en tirant sur des humains à terre, en tirant dans le dos, tu n'as pas vengé tes frères tombés en Syrie, tu as servi les desseins de ceux qui font bénéfices des tensions communautaristes en Europe. Toujours chercher à qui profite le crime, qui se cache derrière Lee Harvey Oswald et Jack Ruby. Sinon, pour les décideurs de chaque camp, ceux qui alimentent dans nos villes la fabrique des monstres, tu n'es qu'un risque à prendre, une marge d'erreur, un dommage collatéral. Un pion qui ôte la vie à d'autres pions pendant que rois et reines de chaque côté de l'échiquier dorment en sécurité à l'abri de leurs tours.

« Vous direz à François Hollande que c'est pour venger nos frères tombés en Syrie ! » Je n'ai jamais rien entendu de plus tragique.

Vu du dehors – V

5/05/2016 18 heures 56

Erwan.

Erwan, putain.

Comment veux-tu que j'écrive sur cette nuit-là ? Comment veux-tu que j'écrive sur cette nuit-là sans me censurer ?

Même à toi je n'ai pas tout dit.

Ce qui m'a traversé.

Je ne peux pas.

5/05/2016 19 heures 01

Je ne raconterai pas comment j'ai vécu cette nuit où je te savais là-bas. Ce que je t'ai déjà confié est à toi, le reste m'appartient. Les faits, le déroulement, n'ont aucun intérêt.

Je t'ai trouvé, le 13 novembre. C'est bizarre, hein, tant de gens ont perdu des proches dans ce glaçant bordel, et moi, j'en ai trouvé un. Avant, tu étais un lointain, un effleuré, une connaissance fantasmée, un visage impalpable qui se glissait entre deux pensées et passait avec elles, chassées par les suivantes, toujours, inévitables.

Et là, d'un coup, tu étais dans chaque seconde. Des heures ça a duré. Des heures de secondes denses avec toi en dedans, et la colère, et la tendresse, et la peur.

Ça creuse une proximité, de penser si fort à quelqu'un, de lui parler à distance, de prier sans foi, de croire comme une môme à s'en fendre les paupières… Ça fore un nid dans le cœur. Forcément. Et après ça, impossible de revenir en arrière. On ne peut pas nier des secondes pareilles.

Seulement c'étaient des secondes à sens unique : tu ne peux pas savoir – comme je ne peux pas connaître tes terribles secondes à toi. Cette nuit-là, tu es devenu un proche, je suis restée une lointaine, et si depuis ce fossé s'est en partie résorbé, je sens qu'il demeurera.

C'est pas grave, tu sais.

C'est aussi bien.

On est d'emblée débarrassés de cette illusion absurde qu'on peut s'aimer « autant » ou « pareil », qu'on ressent la même chose.

Alors on peut s'aimer comme on est, quand on peut, en opposant à la terreur une douceur qui n'exige rien.

Retranscription d'un mémo vocal enregistré le 5/05/2016 à 20 heures 18

Tu fais chier, Erwan.

Qu'est-ce que tu essaies d'obtenir ? Qu'est-ce que tu cherches ?

Qu'est-ce que tu veux qu'on dise ?

Qu'on t'aime ? On t'aime.

(sourire)

Tu fais chier, parce que... ces milliers de liaisons qui se sont créées dans mon cerveau cette nuit-là, ces connexions synaptiques, ces chemins neuronaux forts, surinvestis, démesurés – mais comment on peut être mesuré face à... On ne peut pas. Bref. Toutes ces connexions qui commençaient enfin à s'affiner, à devenir moins prégnantes, eh bien, *tac !* trois mots de toi et tu les renforces encore un peu plus, parce que tu me demandes de revenir sur cette nuit, de reparcourir ces trajets, de les réactiver... Et de nouveau tu es là, en moi, à côté de moi, comme une seconde peau. C'est difficile de vivre avec ça. Ce lointain devenu proche. Je ne sais pas comment on fait. Je cherche encore comment on fait. Parce qu'il y a le reste, tu sais, le reste de ma vie qui n'a pas bougé. Comment on fait pour intégrer un proche, d'un coup ? Pas un avec qui on a grandi ou qui s'est frayé peu à peu un chemin jusqu'au cœur, un qui était à peine là, et *bam !* qui est projeté au centre, dans la bulle des intimes ?

Je ne sais pas, je ne sais pas.

6/05/2016 22 heures 14

Hey.

Ne t'attends pas à du pathos. Ne t'attends pas à de la pitié. Ne t'attends pas à des mignonneries. Ne t'attends pas à du policé. Ne t'attends à rien de ce genre de ma part.

Parce qu'on s'est retrouvés face à une violence brute, ce que je ressens pour toi est violent. Doux à en crever. D'un absolu insondable.

...

Te serrer dans mes bras. Te serrer fort, bordel. Nécessité absolue, née cette nuit-là et qui ne s'est jamais vraiment tarie.

6/05/2016 22 heures 51

Je remonte dans nos messages. Ces milliers de lignes envoyées depuis le 13 novembre. Et puis celles d'avant, les quelques échanges qui avaient précédé le flux – parce qu'il y en a eu. Les chemins te concernant existaient déjà dans mon cerveau. La preuve ; j'ai rêvé de toi. Le 10 novembre. Le 11 novembre. Le 12 novembre. J'ai rêvé de toi. Comment tu l'expliques, hein ? Pourquoi comme ça, juste avant ?

6/05/2016 23 heures 43

Est-ce que j'essaie d'injecter du sens dans ce qui n'en a pas ?

10/05/2016 16 heures 50

« Pour le cerveau, ce qu'on pense fortement, c'est comme si on le vivait.»

Un sophrologue m'a sorti ça il y a deux jours – je te passe les détails sur comment je me suis retrouvée à discuter avec un sophrologue, pur hasard des rencontres. Cette phrase tourne dans ma tête depuis. C'est tout de suite à toi que j'ai pensé. À ce que j'ai vécu mentalement avec toi, le 13 novembre, et après. Il y a eu les pointillés partagés, ma visite à l'hôpital, et ces courtes heures en apesanteur volées à nos vies. Mais le reste, les centaines de fragments projetés par mon imagination...

Ce qu'on pense fortement, c'est comme si on le vivait...

C'est vrai, d'une certaine manière. Ces fragments appartiennent à mes souvenirs, je suis capable de me les remémorer au même titre que ceux où tu étais à portée de peau. Je connais ton étreinte véritable et ton étreinte rêvée. Je sais tes regards, même ceux que tu n'as jamais posés sur moi.

Étrange.

Et si tangible.

Par exemple, dans les replis de mon esprit, je possède ma propre version de ce que tu as vécu au Bataclan. Et dans cette version, je suis là. Parce que j'aurais pu être là, tu le sais. J'avais vu passer ce putain de post Facebook où tu annonçais ta présence au concert et je m'étais dit pourquoi pas ça a l'air sympa, alors, si je n'avais pas travaillé ce soir-là, je serais venue, je t'aurais fait la surprise. Et forcément, à l'instant où j'ai rallumé mon portable, à l'instant où j'ai su, c'est ton visage qui a jailli, et c'est la version bis qui s'est imposée à moi. Celle où je vivais cet enfer avec toi, celle où je tenais ta main en fermant les paupières de toutes mes forces, celle où je faisais la morte pour ne pas me prendre une autre balle, celle où, allongée sur le sol poisseux du Bataclan, je m'imaginais ailleurs.

Ce qu'on pense fortement, c'est comme si on le vivait.

Oui, cette nuit-là, je me suis imaginée là-bas avec toi, en train de m'imaginer ailleurs.

Mise en abyme terrifiante.

Oh, je ne prétends pas avoir vécu ce que tu as vécu, mon cas ne relève pas de la psychiatrie, seulement de la littérature. C'était ma version. Comme si me projeter là-bas pouvait t'en sortir, comme si mon imagination avait le pouvoir de créer autour de toi une bulle de calme dans le vacarme. Un bouclier. Un talisman protecteur. Une armure d'affection contre la haine aveugle.

Et peut-être que ça a fonctionné. Peut-être qu'on était tous là, nous qui pensions à toi.

Ça peut sembler absurde, et pourtant, si mon moi rationnel refuse ce type de croyance infantile, mon moi sensible veut s'y abandonner.

Parce que c'est beau.

Et que ce qui est beau devrait être vrai.

10/05/2016 17 heures 40

Ce serait mentir que de m'arrêter à cette demi-vérité.

Le 13 novembre, je me suis projetée là-bas, en effet. Mais j'ai aussi imaginé tout ce que j'avais envie de vivre avec toi. Ramifications des possibles, flammes fragiles dans l'obscurité des futurs. Cette nuit-là, j'ai vécu des vies entières dans lesquelles tu prenais place. Différentes vies. Différentes places. Et j'ai vécu des vies entières où tu étais mort. On ne devient pas écrivain par hasard, hein... Comme les personnages de mes romans continuent leur chemin en moi longtemps après que je les ai écrits, ces vies fantasmées ondulent entre mes projets. Je n'y peux rien. Tu – l'idée de toi – as infiltré mon avenir. Et tu – Erwan – es libre de t'y lover.

C'est fou.

Par peur de les perdre, d'être déçue, d'être rejetée, je confine la plupart de mes connaissances dans le vaste sas qui s'étend entre les lointains et les amis. Tu n'as pas idée à quel point je laisse peu de personnes approcher mon centre. Les potentielles déflagrations intimes que tu représentes m'effraient et me poussent à t'éloigner. Ne me laisse pas faire. Ou au moins pas tout le temps. D'accord ? Parce que ta présence si proche est d'une justesse bouleversante.

...

Merde, j'avais dit pas de pathos.

Trop tard.

...

Prends soin de toi, Erwan. Et prends soin de ce nid que tu t'es creusé en moi. Je sais, je sais, tu n'es *a priori* pas responsable de ce qui se joue dans ma tête, tu n'as rien demandé, toi, de tout ce que j'ai vécu « avec » toi... Sauf que c'est faux. Tu as ta part de responsabilité. Depuis le premier regard, les premiers mots, jusqu'à ceux que nous avons échangés par la suite. Tu es l'artisan au moins autant que moi de cette connexion qui nous relie et que le 13 novembre a renforcée, parce que tu l'as créée : souviens-toi, tu es venu vers moi. Et ce jour-là, quand rien n'était encore arrivé qu'un sourire, c'est toi qui m'as insérée dans tes avenirs possibles, c'est toi qui t'es employé à hacker mon inconscient pour que je ne puisse t'en chasser.

C'est même toi qui m'as ajoutée sur Facebook.

C'est dire ton niveau de responsabilité.

(sourire)

So long, pirate.

12

Tu as une âme de héros. Qui s'explique peut-être par ton signe zodiacal[1]. Tu as à ce jour sauvé le monde des dizaines de fois, enrayé des agressions, mis en fuite des braqueurs (pas de banque : ceux-là, tu les laisserais faire), neutralisé des malfaisants. Et à la fin, une jolie princesse, admirative et reconnaissante, te tombe dans les bras.

Tu imaginais déjà de tels scénarios vers sept ans, sauvant Adeline Casse de périls atroces. Tu as écrit ta sans doute première nouvelle à cette époque, ton frère et toi dormiez encore dans des lits superposés, toi en haut. Bravant tous les dangers, tu évitais à Adeline d'être dévorée par des crocodiles. Aucun crocodile n'a jamais été vu à Ballans[2], mais l'imagination

1. « L'homme Lion est un rêveur idéaliste. S'il était un personnage de conte, il serait sûrement un fier chevalier en armure, protégeant la veuve et l'orphelin.» (Elle.fr)
2. Où toutefois Richard Ier défit son père Henri II le 4 juillet 1189, devenant ainsi roi d'Angleterre.

trouvait à s'y déployer, entre chais sombres et humides, greniers à foin, vendanges et moissons, bois et sous-bois (les noisetiers vous fournissaient, outre des provisions, du bois souple pour fabriquer des arcs), ou au pied de l'immense cèdre du Liban offert en 1734 par le botaniste Bernard de Jussieu au seigneur des lieux. Tu y es retourné voici peu. La maison de ton enfance est à l'abandon, l'épicerie de Mme Fradin a disparu, mais l'école où Mme Bélis enseignait à tous les enfants du village, une classe unique répartie en cinq niveaux, est toujours fonctionnelle, intercommunale désormais. En face, la place de l'église Saint-Jacques (romane, remaniée au XVe siècle), son monument aux morts, son terrain de pétanque ; et son muret sur lequel tu embrassas une après-midi de l'été de tes dix ans, la veille du déménagement familial vers le Gard, Christel, une grande de Neuvicq-le-Château. Tu as gardé les deux ou trois lettres qu'elle t'écrivit ensuite, avant de se lasser. Un héros peut-il être aussi sentimental ?

En ce 13 novembre 2015, le destin te donne l'occasion de t'illustrer pour de vrai, grandeur nature, sur une scène à la démesure de ton super-héroïsme latent. Or, dès que tu entends les bruits de pétards, tu obéis aux « Couchez-vous ! » qui suivent. Un héros n'obéit pas. S'il fait comme tout le monde dans l'adversité, il ne sauve personne. Pire : jamais te relever pour prendre la mesure de la situation, puis réagir avec sang-froid et efficacité, ne te traverse l'esprit. Tu restes pelotonné comme une lavette contre ta barrière métallique. Pour ajouter à ton avanie, une balle te transperce *les fesses* au bout de cinq minutes.

Un héros aurait surmonté le ridicule de la situation et, malgré la douleur, se serait redressé pour, d'une voix rauque altérée par une souffrance maîtrisée, « envoyer ces enfants de salauds en enfer ! » Super Lavette gît dans son sang et celui de ses voisins, ne peut pas bouger, feint d'être mort. Super Lavette ne cache personne, ne protège personne, n'aide personne à s'enfuir. Super Lavette ne panse aucun blessé, ne comprime aucune artère, ne cautérise aucune plaie. Super Lavette n'est pas habitué au vacarme effrayant des armes de guerre.

Au VACARME EFFRAYANT d'une rafale de kalachnikov.

La guerre. Chez nous. Pas les images dans les écrans, pas ce que ton cerveau a reconstitué entre les lignes du *Sang noir,* du *Voyage au bout de la nuit* ou des *Bienveillantes.* Pas la compassion fugace, entre une clope et un coup de fil, après avoir entendu à la radio que les combats font rage ici ou là. Dans notre calme démocratico-républicain, dans notre ouate de privilégiés : la barbarie, la peur et les hurlements.

Les HURLEMENTS.

Pas stylisés, pas tarantinesques.

Le sang poisse vraiment.

La mort sent vraiment.

Les détonations pas en Dolby Surround® déchiquètent projets d'avenir et bien-pensance.

La peur. L'impuissance. Couché la gueule dans le sang qui poisse vraiment, qui sent vraiment ; et la douleur... Grand écran on peut prendre une balle dans le corps, deux, trois, et continuer à se battre, à sauver les femmes et les enfants d'abord, sous la mitraille, conduire un hélico, se faire un garrot et serrer les dents avant de dézinguer les méchants. Grand écran les balles ne font pas très mal. Dans la vie, un projectile de 7,62 tiré à bout portant, même dans les fesses, ça fait mal à beugler (tu as BEUGLÉ, un son que tu ne pensais pas pouvoir sortir de ta gorge, un son *inouï).* Quand une balle perfore les fesses d'un héros ou d'un pleutre (alors sa jambe ou son thorax, tu n'imagines même pas), il ne se relève pas pour sauver le monde, contrairement à ce que racontent les écrans, tellement investis par la réalité qu'on n'y distingue plus le vrai du faux. Puisque c'est réaliste, c'est réel. Docu-fiction. Télé-réalité. D'après une histoire vraie. On n'éduque plus à différencier. On n'enseigne plus les langages. Chacun est aussi son avatar, son profil en ligne. Alors on (se) croit tout permis. Toi, la majorité silencieuse et passive de la France des années 1940-45, tu la comprends dans ta chair et dans tes os désormais.

Au milieu du chaos, des HURLEMENTS, du sang et de la panique, tu as manqué la plus belle occasion de ta vie de devenir un héros. Ton ego va sans doute en concevoir une amertume éternelle. Si tu n'avais pas été touché, serais-tu intervenu ? Aurais-tu tenté de t'enfuir ? Tu subodores que tu aurais fait le mort. Et tu en as honte. Ton orgueil ose espérer que si tu n'avais pas été seul, tu aurais essayé de protéger la ou les personnes qui t'accompagnaient. Certains l'ont fait ce soir-là, ont mis leur corps en rempart. Le Paradis existe, c'est sûr, tu ne peux pas croire qu'un altruisme aussi extrême ne trouve récompense. Le Paradis existe et vous y êtes, vous qui avez sauvé celui ou celle que vous aimiez, un ami ou une inconnue. Vous êtes une fierté pour l'humanité entière. Il faut que jamais vos noms ne soient oubliés. Toi, tu t'es jeté à terre et tu as fait le mort.

Tu n'es pas un héros.

Même pendant ces quelques minutes avant d'être blessé, tu n'as pas pensé à t'interposer. Super Lavette. Tu dois désormais vivre avec.

Comme pour t'y aider émergent de l'humus de ta mémoire quelques fragments point encore trop décomposés qui, assemblés, esquissent sinon une rédemption du moins un dictame bienvenu. En effet, lorsque, les terroristes terrés en coulisses, tu pouvais apercevoir en tordant le cou les forces de l'ordre déployées autour du bar, tu voulais qu'on vienne te chercher, certes, mais pas avant les autres. Pas seulement toi. Tu te sentais partie d'un tout. Tu désirais qu'on vienne *vous* sauver. La souffrance, l'attente, l'espoir étaient collectifs. Tu étais membre d'un grand corps geignant, vraiment, ce n'est pas de la littérature. Non que ton sort et ton salut (physique) n'aient pas eu d'importance, mais ils étaient mêlés, imbriqués, liés à ceux des autres victimes. Tes semblables en douleur. Tes frères de misère et de peur. Sauvez-nous tous ou ne sauvez personne, parce que nous avons tous failli y rester.

Vu du dehors – VI

Vendredi 13 novembre, 9 h 30, Chassol m'invite à venir me *Big Sun*er les oreilles en Martinique (à Enghien-les-Bains pour l'occasion).

La veille, le jeudi soir, je me disais : *Bon... Becquin, tu vas te sortir les doigts et ce week-end, tu vas prendre l'air.* Je te voyais partager ce concert sur le réseau social et je ne voyais personne se manifester pour t'accompagner. En même temps, quelle idée... Du métal. C'était tout à fait probable de te voir t'exploser les cervicales, de haut en bas, de droite à gauche. Et avec tes cheveux oui, c'était visualisable. Alors pourquoi pas ? Pourquoi pas venir avec toi même ? Mais Chassol s'est manifesté si tôt dans la matinée qu'il a remporté la mise (la mise... Enghien... Casino... bref).

Les messages d'inquiétude se sont multipliés dans mon téléphone sans que je les entende, je les découvre devant l'auditorium à la sortie, en fumant une cigarette avec les copains. Bien entendu les informations n'arrivent pas dans le bon ordre : Saint Denis, Bataclan...

Bataclan..... Erwan
Erwan
Erwan
Erwan
Erwan
Erwan
Panique dans les neurones.

La première connerie qui me vient à l'esprit, c'est de t'appeler. Comme une grosse conne débile de merde que je suis.

Allahu akbar tu n'avais pas ton téléphone sur toi, c'est Jeanne qui décroche, hagarde.

De retour dans Paris, on s'est arrêtés, avec mon copain Mohammed, dans une brasserie pourrie à Jaurès. J'ai pris des frites et je ne sais quoi sans gluten. Je ne sais pas si je les ai mangées (en revanche j'ai bu un martini blanc, nécessaire). Je suis devenue comme Jeanne, hagarde. Stone. Avec une envie de pleurer monstrueuse mais je la domptais, cette pute. Même pas en rêve. Il ira bien.

J'avais envie de rejoindre n'importe qui pour ne pas rentrer chez moi, il était déjà minuit, une heure du matin. Et puis comme je ne suis pas une adolescente, je n'ai trouvé personne chez qui squatter à cette heure tardive.

C'est en arrivant sur mon canapé dans le 93 que je me suis transformée. Je me suis mise en position de combat. Assise en tailleur, télé sur chaîne info, ordinateur sur les genoux, téléphone portable et oreillette dans l'oreille droite, téléphone fixe dans la main gauche. C'est parti, numéro d'urgence.

C'est dans mes gènes, agir sans réfléchir. Même un taureau doit réfléchir plus que moi avant de charger.

Occupé, occupé, occupé, occupé, occupé, occupé, occupé, occupé, occupé, occupé. Je fais « bis », nerveusement, sans m'arrêter.

Ça sonne !

C'est à ce moment-là que mon cerveau s'est remis en marche, que ça s'est mis à cogner très fort dans mon thorax. Gogolita n'a pas prévu ce qu'elle allait faire de la nouvelle si elle n'est pas bonne.

Ça n'a pas décroché, ça a raccroché. Soulagement.

J'ai repris de l'oxygène et j'ai recommencé.

On a fini par me répondre, j'ai fini par trouver des mots pour demander. Demander si on avait des nouvelles d'Erwan Larher, « mais je ne sais plus où est le h.»

Et on m'a répondu avec une voix pétrifiée : « Son nom n'est pas sur les listes pour l'instant.»

Pour l'instant.

La liste des morts, Erwan n'est pas mort pour l'instant.

Enfin officiellement donc, puisque pas écrit dans la liste, son nom.

Mais peut-être est-il mort quand même et on ne sait pas quel est son corps puisqu'on ne tatoue pas notre nom sur la peau.

J'ai repris de l'oxygène et j'ai recommencé.

Les hôpitaux. J'appelle tous les hôpitaux de Paris, et les dames me disent la même chose : « Pas chez nous pour l'instant... » Et puis elles prennent mon numéro pour me rappeler dans la nuit si elles ont du nouveau.

Mon cerveau s'est remis en marche et je me suis détestée. Si je m'endors et que je suis réveillée par tous les hôpitaux un par un ? Si je m'endors et qu'une de ces dames m'appelle pour me dire quelque chose ? Quelque chose que je devrai répéter à Jeanne et Bertrand.

De toute façon, je ne vois pas bien comment il était possible de s'endormir.

Tout le monde cherche quelqu'un sur le réseau social. Sauf ceux qui se sont endormis. Il est 4 h du matin en même temps, tout le monde n'a pas un boulet dans ses amis qui va voir du métal. Ah c'est pas du métal ? OK OK. Je m'en cague, le chanteur est une bouse radioactive.

Et soudain, l'information tombe. De nulle part, sur l'autre réseau social, d'un inconnu, un numéro auquel il manque deux chiffres, depuis un hôpital que je ne connais pas, en dehors de Paris. Bizarre.

Il y a eu une espèce de seconde étrange, personne n'a réagi dans cette seconde qui m'a paru interminable. J'ai trouvé le numéro entier et j'ai appelé.

Après quelques soucis de communication téléphonique, on me passe un gars du personnel soignant en service de réanimation.

Réanimation.

Je sais ce que c'est la réanimation, on en sort les pieds devant ou on n'est pas bien du tout pendant très longtemps, on n'est pas entier. On va me passer quelqu'un et je devrai appeler Jeanne et Bertrand pour leur dire quelque chose...

J'ai envie de jeter le téléphone à travers la fenêtre.

La suite, on la connaît. Il va bien le gars... Toute la soirée j'ai répété ton prénom. Comme une folle dingue. J'ai bien fait. T'es resté.

On est traumatisés mais on va bien, physiquement.

13

Je suis Sigolène, je suis un caillou je suis Sigolène je suis un caillou je suis Sigolène je suis un caillou.

Les médias écrivent qu'Iblis, Saala et Éfrit attaquent peu après 21 h 45. Que vers 22 h, un commissaire divisionnaire et un brigadier de la BAC pénètrent dans la salle par l'entrée principale, une arme de poing à la main. Ils tirent sur Iblis, qui à 22 h 07, touché, actionne sa ceinture d'explosifs. Tu as cru que ses comparses et lui jetaient des grenades depuis le balcon ; non, deux policiers venaient de sauver des dizaines de vies. Parce que suite au démembrement d'Iblis, Saala et Éfrit se réfugient dans un couloir avec des otages, fin du carnage.

Vingt minutes. Tu peux mettre à présent une mesure de temporalité entre deux évènements dont tu te souviens – l'irruption des assaillants et l'explosive désintégration d'Iblis.

Vingt minutes. Si on t'avait demandé, et les enquêteurs l'ont fait quand ils t'ont interrogé, tu n'aurais pas su donner d'estimation. C'était lent et rapide. Dans une autre dimension que celle des trotteuses et des chronomètres, régulée de l'intérieur par émotions et sensations, instinct, animalité. En moins de vingt minutes, tu vas à ta salle de sport ; tu y passes vingt minutes à suer sur un rameur. En vingt minutes, tu vas de Montparnasse à Abbesses en moto. Ces vingt minutes-ci seraient les mêmes que cet intervalle du 13 novembre 2015, dans le Bataclan, entre 21 h 47 et 22 h 07 ? Allons...

Je suis Sigolène, je suis un caillou je suis Sigolène je suis un caillou je suis Sigolène je suis un caillou.

Tu expliques quand tu racontes tes péripéties que tu es entré dans une sorte de transe. Selon ton amie Marie, tu aurais vécu une expérience de dépersonnalisation. Tu t'es renseigné sur Internet : ça peut coller (la déréalisation aussi). Elle te dit qu'elle aussi est passée par là. Quand elle était jeune. Chaque fois que son père la frappait. Putain de monde.

Arrivé à ce stade de ton récit, les interlocuteurs n'ont en général plus de mots, ou alors un adjectif marmonné en secouant la tête (« dingue » et « incroyable » sont les plus usités). Ils sont pendus à tes lèvres, les yeux ronds. Fais gaffe à ne pas te griser. Je te connais, ce n'est pas comme si tu détestais être le centre de l'attention.

— Arrête de m'interrompre !

— Vas-y, poursuis.

Je suis Sigolène, je suis un caillou je suis Sigolène je suis un caillou je suis Sigolène je suis un caillou. Transe ? Dépersonnalisation ? Déréalisation ? Le silence qui commence à craqueler te fait sortir de cet état second. Un silence épouvantable, épais, visqueux, jusqu'alors seulement vrillé de loin en loin par une sonnerie ou un vrombissement de téléphone, qui lui donnaient plus d'épaisseur encore, en délimitaient les contours, le rythmaient, en étaient la macabre concrétisation. Un silence en linceul qui cède aux faufilures, timidement, révélant peu à peu son secret : il était tramé de respirations rentrées, de souffles dissimulés, de vies en suspens. Comme un monstre s'ébroue, il s'abolit en soupirs, gémissements, sanglots, plaintes. Douleur, souffrance, affliction, détresse prennent abominable forme, matérialisées en une dissonante polyphonie qui frappe et glace l'essence même de ton humanité. C'est toi qui soupires, qui gémis, qui sanglotes et te plains ; à cet instant, tous les hommes et toutes les femmes du monde geignent en un chœur difforme cette mélopée tragique qui insulte les dieux en même temps qu'elle les convoque, qui les défie de descendre ici-bas, dans la fosse du Bataclan ou les ruines d'Alep, dans l'État de Borno ou les bidonvilles de Rio.

Puis s'élèvent crescendo les cris et les insultes. « Venez nous chercher ! » « Mais vous attendez quoi, bordel ?! » « Il est en train de crever dans mes bras, là ! »

Tu pivotes la tête autant que te le permet ta position – tu es toujours couché sur le flanc, le visage contre la barrière métallique. Malgré ton angle de vision restreint, tu vois, en contre-haut, postés contre le bar, genou à terre, des hommes en armes cagoulés, un en particulier, pile dans ton champ, le regard dur du mec prêt à en découdre, ton Bruce, ton héros. On est sauvés ! penses-tu aussitôt.

Putain, on est sauvés !

Relâchement total. Tu n'es plus Sigolène, tu n'es plus un caillou, retour progressif au réel, au sol dur, à l'inconfort de ta situation, tu as mal, tu es engourdi et ankylosé, une poigne plaque toujours derrière toi tes jambes au sol, qui s'affermit alors que tu essaies de bouger un peu. Pas grave, on est sauvés.

En fait, c'est le début de ton calvaire.

14

Depuis que tu as entamé ton *Projet B.*, tu as consulté de nombreux documents sur Internet pour tâcher d'établir ta chronologie personnelle à l'intérieur de la chronologie officielle. Tu as trouvé :

— Les premiers effectifs de la BRI[1] pénètrent dans le bâtiment vers 22 h 30[2].

— À 23 h, les hommes du RAID prennent position dans la fosse pour couvrir ceux de la BRI qui montent à l'étage[3].

— « Le premier des cinq échanges téléphoniques [entre le négociateur du RAID et les assaillants] a lieu à 23 h 27, les suivants à 23 h 29, 23 h 48, 0 h 05 et 0 h 18[4].»

---

1. Brigade de recherche et d'intervention, aussi appelée l'Antigang.
2. « Le récit minute par minute de l'assaut au Bataclan », Caroline Michel, 22/11/2015, sur tempsréel.nouvelobs.com
3. *Ibid.*
4. « Rapport fait au nom de la commission d'enquête relative aux moyens mis en œuvre par l'État pour lutter contre

— «Au total, il semble que l'intégralité des victimes blessées du rez-de-chaussée ait été évacuée par les forces de police, de la salle de spectacle vers le hall, puis du hall vers les PMA, avant que l'assaut final ne soit donné [à 0 h 18][1].»

À partir de ces données, comme tu as été touché au début de l'attaque et que tu as entendu plusieurs échanges entre l'otage qui servait d'intermédiaire aux assaillants et le négociateur du RAID, il est plausible d'en déduire que tu as été Sigolène et caillou entre 21 h 50 et 22 h 45 ou 23 h, puis blessé conscient de se vider de son sang et de ses forces pendant plus d'une heure, jusqu'à ton évacuation parmi les derniers vers le hall du Bataclan autour de minuit.

Après avoir repéré vos sauveurs immobiles, tu lèves en l'espace d'une vingtaine de minutes deux ou trois fois le bras à leur intention. Pas pour attirer l'attention sur toi mais sur le fait que la personne agrippée à ton mollet, un type à ta droite, quelqu'un de l'autre côté des barrières et toi êtes vivants ; pour signaler une poche de vie, des souffles qui s'épuisent, des forces qui déclinent.

Le regard de Bruce, glacial et déterminé au début, celui du soldat prêt à en découdre, change à mesure que s'écoulent les minutes. « On ne bouge pas, Bruce. C'est les ordres ! » Bruce obéit. L'impuissance commence à le ronger. Des sur-

---

le terrorisme depuis le 7 janvier 2015 – Tome 1 », page 59, sur http://www.assemblee-nationale.fr, 5 juillet 2016

1. *Ibid,* page 60.

vivants l'invectivent, des victimes crèvent dans la fosse sous ses yeux, dans lesquels tu décèles désormais du désespoir.

Bruce ne bouge toujours pas : les ordres, il est soldat.

Dans ses prunelles, douleur et colère ont noyé désespoir. Tu ne vois de son visage que ce que permet la cagoule. Il paraît jeune. C'est peut-être sa première expérience de terrain. Il n'a jamais vu autant de cadavres au même endroit. N'a jamais respiré une odeur pareille. Des mourants agonisent, des valides l'insultent, des blessés réclament son aide. Bruce n'a pas le droit d'intervenir. Cela le démange, mais les ordres sont d'attendre que les lieux soient sécurisés. Alors il se décompose sous sa cagoule et son gilet pare-balles, la fraternité empêchée délaye le guerrier.

Dans ce temps réhabilité qu'étirent espoir et douleur, tu faiblis, t'impatientes. Tu as peur que ta blessure soit grave, tu te demandes pourquoi ils ne viennent pas vous chercher, tu t'agaces. Qu'est-ce qu'ils foutent, bon sang ! Ils sont juste là, à trois mètres de vous ! Leurs chefs ont-ils peur de les envoyer à découvert dans la fosse, d'où l'ennemi pourrait les tirer depuis le balcon ? Les coups de feu ont cessé depuis longtemps. Tu ne vois pas grand-chose, tu ne peux pas bouger, tu t'amenuises, tu t'angoisses, tu t'énerves tout seul dans ton sang, tu as froid.

Dans ce temps alangui, on commence enfin à évacuer des victimes, semble-t-il. Tu te rends compte que la salle est éclairée en grand, que les barrières métalliques à ta gauche sont au sol, tu t'engourdis, tu as mal.

Tu vois passer, poussé par un policier mais la démarche altière, un homme torse nu, les mains dans le dos, un rictus démoniaque et triomphant sur le visage. Tu te dis qu'ils en ont capturé un vivant.

Beaucoup d'agitation désormais. Des ordres sont lancés, une voix crie qu'ils ont des otages et donne un numéro de téléphone, une autre voix fait répéter le numéro, ce pourrait être comique si tu n'avais pas aussi mal, tu lèves le bras mais il ne tient pas en l'air.

Dans ce temps distendu par la souffrance et l'impatience, une voix autoritaire s'élève : « Bon, tous ceux qui peuvent sortir, vous venez vers nous. Vite, vite, vite ! » Un truc dans le genre, tu ne sais plus. Mouvements, cris, protestations, « Mais on ne peut pas bouger, putain ! », « Et nous, on reste crever ici, c'est ça ?! » Des piétinements à côté de toi (tu gis non loin des quelques marches qui mènent à la sortie), tu te dis que tu vas essayer, au moins ramper... Impossible. Conscience de ton ridicule. Cloué au sol, tu dois attendre, encore, pitoyable, laps interminable, que n'es-tu resté caillou, minéral, extérieur, a-réel ?

C'est long.
Tu en baves.

Deux hommes au-dessus de toi, soudain. Allures de flics. Tendus. Nerveux. Ils te prennent chacun par une aisselle.Sans ménagement. Tu aperçois, assise contre le pilier, une jeune femme, la tête penchée sur le côté. Tu as l'impression qu'elle a un trou dans l'épaule mais tu es faible, tu délires si ça se trouve. Tu essaies de lui sourire, tu te demandes si c'est elle qui t'agrippait les jambes. Tes sauveteurs te traînent dans les marches sans aucun égard pour ton état, puis te jettent sur une barrière métallique. Ils te font mal. Très mal. Ils ne s'en soucient pas, t'engueulent presque de ne pas être assez coopératif. Ils se servent de leur brancard improvisé pour te déposer en haut de l'escalier du hall d'accueil. Tu y restes longtemps, à côté d'autres blessés, dans un fouillis de membres inférieurs qui te frôlent, t'enjambent, un ballet de verticalités indifférentes et affairées.

Une femme tout de sombre vêtue se penche vers toi et t'ausculte vite fait, clinique, visage fermé. Tu crois que c'est à ce moment que ton jean a été découpé pour la première fois. Tu crois qu'elle te dit être médecin de la police. Tu crois qu'elle t'étiquète. Tu n'as rien le temps de dire qu'elle est déjà partie. Tu morfles, allongé sur le métal froid. Il te semble comprendre qu'on évacue les blessés par ordre de priorité. Tu en déduis que tu n'en es pas une. Tu te lamines. Tu en as marre. Tu ne dis rien. Tu es vivant. Tu n'es qu'attente. Démuni. Impuissant.

Cent ans plus tard, on s'active enfin autour de toi, te porte sur ton brancard de mauvaise fortune bon cœur. Les types ont du mal dans l'escalier assez raide qui descend vers le boulevard.

La douleur est indicible. Ton cerveau se met en protection et t'envoie à moitié dans les vapes.

La rue.

De l'air enfin...

Le froid.

Des fourgons de police.

Des visages.

Des gens au téléphone.

Des policiers.

Tu es sauvé.

Impression d'irréalité. D'être le figurant d'un film. Ou le héros de ta propre biographie. Tu te demandes quelle tête tu as, si tu es télégénique (il faut plus qu'une balle dans le fondement pour abattre le narcissisme, on dirait). On traverse une rue, tu as froid, mal, on tourne, tu brinquebales sur le métal, tu frissonnes. Tu es sauvé. On va s'occuper de tes blessures.

En cet instant du moins le crois-tu.

15

Je n'ai pensé à personne.

Puisé de courage dans aucun amour, aucune amitié. Pas puisé de courage. Pas eu besoin.

Je ne me suis pas dit qu'il fallait que je tienne bon pour telle ou telle raison. Je ne me suis pas dit qu'il fallait que je tienne bon. Ni que je m'en sorte. Je ne me suis pas *accroché à la vie.*

J'ai subi.

Je n'ai pas prié, je ne me suis pas promis de devenir meilleur si je m'en sortais, je n'ai pas sangloté, je ne me suis pas apitoyé sur mon sort ni lamenté.

J'ai attendu.

Je ne me suis pas demandé si on s'inquiétait pour moi à l'extérieur. Je ne pensais pas à l'extérieur. Pas du tout. J'étais entièrement sol poisseux de sang, entièrement hémorragie, entièrement mains agrippées à mes chevilles, entièrement au présent, entièrement animal, entièrement corps meurtri contre une barrière métallique. Entièrement caillou, puis entièrement attente.

Je me suis rendu compte seulement deux jours après que des gens s'étaient alarmés pour moi. Alors que moi, je ne me suis pas du tout alarmé pour eux. Depuis, j'en ai honte.

J'ai découvert tout cet amour. Il a fait dévier la trajectoire de la balle, n'essayez pas de me prouver le contraire.

Vu du dehors – VII

Le 13 au soir, j'étais dans une soirée étrange, un loft où je ne connaissais presque personne, vers Château d'Eau. J'étais en train d'envisager de filer à l'anglaise quand une rumeur a commencé à gonfler. *Il y aurait un attentat dans le coin.* Puis bientôt : *Il y a des tireurs un peu partout dans Paris.*

... Et puis l'info est arrivée : *Prise d'otages au Bataclan.*

Je me suis isolé, je t'ai envoyé un message, je ne sais plus quoi – attends, tiens, je vais le chercher. « Larher, aigle du métal, dis-moi que tu vas bien.»

Et puis, pas de réponse.

Dans le loft, le mot passait : *personne ne bouge, on est là pour la nuit,* et c'était comme une évidence. Notre premier couvre-feu. Je m'y préparais aussi. Mais quand vers 22 heures j'ai entendu près du bar un groupe parler très sérieusement de l'*évènement* de la semaine passée (une collection Balmain chez H & M qui avait créé une cohue devant les magasins), je me suis cassé.

Je me souviens, quand j'ai passé la porte, c'était une sorte d'héroïsme. Pour les invités de cette soirée, j'étais le gars qui brave le couvre-feu. Je l'ai vécu un peu comme ça aussi, sur le moment. Un très court moment. Parce qu'une fois dans la rue, dans le vrai monde, tout semblait beaucoup moins dangereux. Presque normal.

Dans le métro, des gens qui savaient en mettaient d'autres au courant, mais même pas tant que ça, je crois. C'était plutôt silencieux. Et ce n'est qu'après deux stations que j'ai pensé : *Putain, Jeanne !*

Je suis descendu à Marcadet, j'ai marché vite, la soirée chez les tarés de Château d'Eau était déjà très, très loin derrière.

En bas de chez Jeanne, j'ai pris une bouteille de Coca. Mon petit doigt me disait pas d'alcool, il me disait aussi que la nuit risquait d'être longue.

Ce n'est qu'une fois en haut, chez Jeanne, que j'ai pris conscience de la situation.

Dans un coin, par terre, il y avait ton téléphone, et tes papiers.

Il devait être 23 heures déjà, France Info commençait à répéter le bilan, ça évoluait peu, on savait seulement qu'au Bataclan des gens avaient pu s'échapper, le reste était toujours en cours.

Je me souviens que la télé de Jeanne était en panne, et qu'on s'est dit que c'était une sacrée chance, parce que si elle avait été en état de marche, on n'aurait pas pu s'empêcher de regarder une chaîne d'infos.

Pour le reste, je ne sais plus trop ce qu'on a pu se dire. L'assaut avait commencé, on attendait un coup de fil, on se disait que de toute façon tu finirais par emprunter le téléphone de quelqu'un et que tu appellerais ton numéro. Des SMS arrivaient, on ne pouvait pas savoir qui écrivait, quand ça sonnait Jeanne répondait vite que non, on ne savait pas.

Le reste des souvenirs, forcément, c'est éclaté.

Je ne sais plus de quoi on a pu parler mais je crois qu'on n'a pas beaucoup parlé de toi, et de moins en moins, on devait avoir peur de laisser échapper une phrase au passé. À deux reprises, je crois (je ne sais pas si Jeanne l'a senti pareil, on n'en a jamais reparlé), on a été à deux doigts de se prendre dans les bras et puis non, je me suis dit (c'est bizarre comme je suis persuadé qu'elle se l'est dit aussi) que si on faisait ça, c'était s'avouer qu'on n'y croyait plus beaucoup on risquait de craquer. Et ça, c'était interdit.

Je le dis une fois, je le redirai forcément : Jeanne a été incroyablement forte. Et moi je me disais juste que je devais être fort pour elle. Mais c'était un peu plus tard dans la soirée, ça. Entre temps, la radio avait communiqué un Numéro vert pour avoir des infos. Jeanne a appelé, une fois, ça sonnait dans le vide, et puis on ne l'a plus refait. Ou une seule fois. J'étais comme elle, je me disais qu'on n'allait pas encombrer les lignes.

Je me souviens aussi que j'avais envie de pisser (merci Coca) mais que je n'y arrivais pas. Je passais deux minutes aux toilettes, rien ne venait, j'écoutais Hollande, les journalistes, les témoignages sur France Info, et puis un nouveau flash arrivait alors je reboutonnais ma braguette et j'allais l'écouter avec Jeanne.

Et comme ça tous les quarts d'heure, avec les bilans qui évoluaient (de moins en moins), on réévaluait les chances : capacité totale du Bataclan moins nombre de morts annoncés moins nombre de personnes échappées au début de l'attaque = chances de Larher.

Pour le reste, on conjecturait. On a dû en écrire, des scénarios dans le vide.

Et puis les news ont commencé à tourner en boucle, on a baissé la radio au minimum, on remontait le son pour les flashes et on recommençait les calculs.

L'autre grande activité, c'était Facebook, avec l'ordi sur la table. Avant que je n'arrive, Jeanne avait commencé à créer un groupe avec tous ceux qui demandaient des nouvelles. J'ai ajouté les noms que je voyais à droite et à gauche sur les sites des amis. Là encore on n'en a pas reparlé, avec Jeanne – et je me trompe peut-être (j'espère), mais après une heure du matin j'ai commencé à penser qu'elle était en train de préparer la liste des gens à qui, éventuellement, elle annoncerait à un moment que.

Que.

Mais là encore, évidemment, on évitait soigneusement ces mots-là.

On ne parlait que des chances qui restaient. On hésitait à rappeler le Numéro vert, et puis non.

Vers 1 heure 30 ou 2 heures, Charlotte a appelé. Elle avait pu joindre le Numéro vert.
Il n'est pas sur la liste des morts !
La joie a duré une minute, elle a été intense, et puis on s'est regardés : *il n'a pas ses papiers sur lui.*

On a continué à ajouter des gens sur la liste – tous les gens qui, sur leur mur, écrivaient qu'ils s'inquiétaient pour Erwan Larher.
Sur le groupe Facebook, Myriam a posté l'adresse de la page de la Préfecture où on pouvait signaler les disparitions. Jeanne a rempli la fiche, je me souviens que ça a été un soulagement : on n'avait plus à hésiter avec le Numéro vert, confiance dans les services de l'État, on nous appellerait, il n'y avait qu'à attendre.

En attendant, donc, on se raccrochait à notre scénario le plus optimiste, notre espoir un peu fou : tu avais été blessé, trop gravement pour pouvoir donner ton nom ou un numéro, mais seulement blessé, et tu avais été emmené comme victime anonyme dans un hôpital.

La radio était éteinte.
Je n'ai plus la moindre idée de ce qu'on a pu se dire avec Jeanne. Je crois qu'on a commencé à comparer la façon dont on vivait ces évènements, comme tout ça était différent de janvier. En janvier tout n'avait été que collectif, on s'est rappelé nos souvenirs de la manif

du 11, cette fois je crois qu'on n'a même pas commenté les déclarations des uns et des autres à la radio, tout ça n'était que des mots. On ne vivait l'Évènement que du côté intime, tout ce qui arrivait de l'extérieur ne faisait qu'alimenter nos calculs. Rationnels, rationnels. Évaluer, analyser, ça rassurait. Rationnels jusqu'à l'irrationnel, peut-être – mais là je commence à faire de la littérature.

L'autre chose qu'il y avait entre nous, si je puis me permettre, c'était ta mère.

On en avait parlé quand j'étais arrivé. Jeanne m'avait dit que tes parents étaient au Viêt Nam, elle avait hésité à appeler, on s'était dit que non, il n'y avait sans doute rien de pire à faire que d'appeler une mère à 10 000 km de là pour lui dire qu'on ne savait rien, et puis de toute façon Jeanne n'avait pas trouvé son numéro dans ton téléphone vintage. Puis on a savamment refoulé la question, je crois.

Sauf qu'avec l'espoir qui s'éloignait, à 3 heures on s'est dit que si, allez, on allait encore chercher le numéro.

Jeanne avait ton téléphone dans la main quand ta mère a appelé.

Elles t'auront déjà tout raconté de leur côté, je n'insiste pas, juste sur une chose : je n'entendais rien de l'autre côté du combiné et c'était impressionnant. Et Jeanne a été incroyable. Factuelle, donnant les infos, dans l'ordre. Ce n'est que dans les semaines suivantes que je prendrai conscience de la masse énorme d'énergie que ça a dû lui pomper, ce coup de fil. Et toute cette nuit.

Parce que pour moi, c'était la vie d'un ami qui était en jeu – je commençais tout juste à réaliser qu'on était en train de vivre ça, ce genre de choses dont on savait qu'elles existaient mais qu'on pensait ne jamais avoir à vivre – bref je commençais à prendre conscience que pour moi c'était déjà énorme, mais pour Jeanne c'était beaucoup plus encore, c'était une grosse partie de son avenir qui se jouait.

Je ne devrais peut-être pas écrire ça.

Mais bon, c'est pour dire qu'à cette heure-là, on ne croyait plus beaucoup à une bonne nouvelle.

En tout cas, moi, non.

La suite, tu connais un peu.

Jeanne était épuisée, mais hors de question de se coucher dans son lit. Un peu avant 4 heures, elle a pris sa couette et s'est roulée dedans dans le salon, au pied de la table basse où la bouteille de Coca était presque vide et les cendriers pleins.

Je suis resté assis sur le canapé, en veille, à guetter ce qui pouvait se passer – c'est fou la place qu'a pu prendre Facebook dans cette soirée. Et c'est assez beau, ce qui s'est passé sur ce fil. Et surtout, ce que ce fil révélait : tous ces gens qui se bougeaient sans qu'on le sache alors que rue Damrémont on était bloqués dans l'attente.

C'est un quart d'heure plus tard seulement que, sur le fil, donc, Séverine a partagé ce tweet qu'elle avait reçu du gars de Mondor.

Je ne sais pas ce que j'ai dit, je n'ai pas crié mais ça ne devait pas être loin, Jeanne s'est réveillée en sursaut. Mais tu connais déjà l'histoire : elle ne s'est pas tournée vers moi, elle s'est précipitée vers la porte d'entrée.

Ces minutes-là ont été un peu dingues. On ne savait encore rien, sinon *vivant,* on a rejoué un peu la comédie du « Non on ne va pas saturer la ligne de l'hôpital », et puis assez vite est arrivé le message de Charlotte, qui avait réussi à avoir les urgences – je crois que rien ni personne ne pouvait résister à l'énergie de vie de Charlotte ce soir-là.

Une balle dans les fesses. IL VA BIEN.

Alors, pour la première fois de la nuit, Jeanne a craqué, et c'était beau, à sauter partout dans l'appartement en criant : *Il va bien ! Il a une balle dans les fesses !* Parce que les fesses, à ce moment-là, c'était un peu comme un enfant qui dit *Prout,* ça voulait dire que ce n'était pas grave.

Jeanne sautait partout, donc, et j'aurais dû lui sauter dans les bras, mais mon souvenir de ce quart d'heure-là, c'est mon incapacité totale à réagir, à sortir de la froideur.

... Je dis ça, c'est faux – j'ai revu quelques jours plus tard les messages que j'avais pu envoyer, il y a dedans toutes les coquilles et les points d'exclamation du soulagement absolu, mais si tu me demandes ce que je retiens de ces minutes, c'est moi comme un con, debout à côté de la table où était l'ordi, à penser : *Eh, mec, tu vas réagir ?*

Comme si depuis 22 heures j'avais passé en accéléré toutes les étapes du deuil (c'est faux, évidemment, et c'est con, mais c'est comme ça que je me l'expliquais), et que l'Annonce était comme un deuxième choc, un retour de sidération.

Bref.

L'heure suivante s'est passée à envoyer des messages aux uns et aux autres, Jeanne sur Facebook, moi à répondre à des numéros inconnus sur ton putain de téléphone où chaque message prenait dix minutes, et à préparer un peu le lendemain, je me souviens que Jeanne voulait absolument aller à l'hôpital avec Charlotte et que je pensais : *Eh, je veux venir aussi !* – petite pensée débile qui me renvoie à Emmanuel Carrère quand il raconte, dans *D'autres vies que la mienne,* que sa copine est allée aider les secours après le tsunami et que lui, qui est resté à la piscine, se retrouve comme un con et un peu jaloux. C'était évident, pourtant : Charlotte restera celle qui avait annoncé la Nouvelle, elle était la vie, franchement, cette nuit-là c'était un peu comme si elle était allée direct au Bataclan te tirer de là.

J'aurais pu rentrer chez moi mais je ne voulais pas. Je me suis couché vers 6 heures dans le canapé de Jeanne, j'ai dû m'endormir vers 7 heures 30 (merci Coca, merci Daech), à 8 heures, la Préfecture nous a réveillés en appelant Jeanne pour dire que tu étais vivant.

Et c'était déjà le lendemain. Je suis allé chercher des croissants à la boulangerie, la rue était presque morte et ça faisait bizarre de dire des choses comme Merci, Combien ? Bonne journée.

Puis la voiture, Mondor via Bondy.

Et sur son lit, Larher qui raconte sa nuit, avec tellement de précision et de presque détachement qu'on s'est dit, en sortant, que le retour de bâton risquait de faire très mal. Mais tout ça n'était rien par rapport aux pensées qui pouvaient nous animer douze heures plus tôt.

Deux derniers souvenirs, de voiture.

Le premier à l'aller, quand on a entendu les mots de Hollande – « des actes de guerre » –, le premier moment où j'ai vraiment pris conscience de l'Évènement dans son ensemble, et où on a compris, aussitôt, que la suite allait être moche, très moche.

Le deuxième au retour. Une petite voix en moi s'inquiétait de ce fond de froideur qui restait dans mes réactions. Mais quand on est arrivés sur le périph, il m'a fallu quatre portes pour me rendre compte que j'avais pris le périph sud. Je crois que j'aurais pu prendre une autoroute à contresens en continuant à me dire : *C'est bizarre quand même d'être si normal après ça.*

Une traversée de Paris plus tard (elle a fait du bien), j'ai déposé Jeanne, on a parlé de la soirée à venir chez Vincent où on allait quand même célébrer un peu la vie. J'ai garé la voiture dans le parking, j'ai éteint le moteur et là, je me suis mis à chialer. Qu'est-ce que c'était bon !

Minuit cinq. Je m'aperçois que la police par défaut de LibreOffice s'appelle Liberation Serif.

D'autres te raconteront les jours suivants.

Je me rappellerai toujours les échanges qu'il y a eus sur ce fil, autour des visites à l'hôpital et de ce qu'on pouvait faire. Ça a été beau sur plein de plans (je ne parle pas seulement des réactions ou des mots des uns et des autres, mais plus que ça, de l'élan collectif dans lequel on s'est tous inscrits, avec un mélange d'enthousiasme précipité et de retenue).

Et puis toi à Mondor avec ce gros nounours.

Ensuite, je ne m'y attendais pas, mais *bim !* pendant un mois, le grand vide. Pas d'envie, pas de projection, rien. Toute l'énergie qui était restée bloquée dans cette nuit-là, et toute la semaine à répondre aux gens qui demandaient des nouvelles (je me répète, mais là encore, Jeanne a été incroyable). Et puis, une allergie complète aux grands mots, d'où qu'ils viennent.

C'est la première année où j'ai aimé, vraiment aimé, Noël en famille. Ce n'est qu'à partir de là, je crois, que j'ai retrouvé de l'énergie.

... Ah, et si on veut un épilogue, j'ai envie de citer un dernier moment.

L'autre soir, en rentrant du bar à vins. Tu as blagué sur la nuit du 13 novembre, sur ce qu'on faisait cette nuit-là. J'ai dit : *J'étais avec ta meuf, mec,* et je n'ai (presque) pas hésité avant de le dire. Jeanne a ri. Ça m'a fait du bien.

16

La rue.

De l'air enfin...

Le froid.

Des fourgons de police.

Des visages.

Des gens au téléphone.

Des policiers.

Tu es sauvé.

Impression d'irréalité. D'être le figurant d'un film. Ou le héros de ta biographie. Tu te demandes quelle tête tu as, si tu es télégénique en cet instant. On traverse une rue, tu as froid, mal, on tourne, tu brinquebales sur le métal, tu frissonnes.

Une sorte de cour, noir total. Tes brancardiers te font glisser de la barrière, toujours sans ménagement aucun, putain ce que ça fait mal, au-delà de la douleur. D'autres blessés autour, des cris, des gémissements, de l'agitation encore. Tu es de plus en plus faible. Tu lâches prise, couché à même le sol, ciel d'encre au-dessus, grelottant, vidé de tes forces, exsangue, gelé, incapable de parler.

Résigné.

À côté de toi, on dirait le bruit d'un défibrillateur, les *chtouf !* suivis de *biiip !* caractéristiques de la réanimation cardiaque. Tu as l'impression que le blessé succombe. Tu claques des dents, c'est irrépressible. Un pompier s'arrête à côté de toi. Tu ne sais plus comment ça se passe, ce qu'il te demande, si tu lui réponds. Tu dois lui dire que tu as froid car il part, puis revient avec une couverture de survie. S'agenouille à côté de toi. Il n'a pas vingt-cinq ans. Les cheveux courts, blonds. Le premier vrai contact humain depuis le début de ce cauchemar. Ton Ange. Tu ressens sa panique mais il ne montre rien. Il te prend la main. « Tenez bon, vous allez vous en sortir, on va s'occuper de vous.» Tu t'es étonné auprès des secouristes qui t'ont emmené jusqu'ici et déposé sur le sol de l'absence d'ambulances, de véhicules du SAMU. « Il y a eu d'autres évènements dans Paris, on n'est pas assez », a lâché un des deux. Tu dis à l'Ange que tu as mal, lui demandes un anti-douleur. Ils n'ont aucun médicament. Seule la présence de ce pompier poupin t'empêche de sombrer, de t'évanouir. Tu lui demandes, toujours en claquant des dents, tétanisé par la douleur, le froid et l'angoisse, si tu peux poser la tête sur ses cuisses. La position n'est pas très confortable pour lui mais il accepte. Il te serre fort la main. « Restez avec moi, on va s'occuper de vous.» Tu le remercies, lui bredouilles qu'il est formidable. Il a les larmes aux yeux. « Ne vous inquiétez pas.» Tu es là depuis des siècles. La couverture de survie n'a aucun effet. Tu veux partir en douceur, exsangue et transi, la tête sur les genoux de l'Ange, qui t'exhorte à tenir bon, t'affirme qu'il a alerté l'équipe médicale de ta présence, de ta situation. Tu n'y crois pas. Tu t'en fous. Tu n'es presque plus là. C'est doux.

Le ciel noir, le froid, ton Ange, l'évidence soudain que nous sommes bien une âme dans un corps, âme quiète qui se déprend de ton corps gourd, de ton corps inutile, et une autre évidence soudain superposée : il ne faut pas mourir seul mais la main dans une autre main.

Une silhouette regarde l'étiquette que t'a collée dessus (au poignet ?) la médecin dans le hall du Bataclan. On dirait que quelqu'un a décidé qu'il était temps de s'occuper de ton cas. On te transporte, sur un vrai brancard cette fois semble-t-il, tu ne te souviens plus, à quelques pas de la cour obscure dans laquelle tu gisais depuis l'aube des Temps. On te repose. Est-ce qu'on ausculte ta blessure ? En tout cas, c'est éclairé ici. C'est le foutoir aussi : au milieu des geignements, on s'interpelle, se hèle, une impression de totale improvisation, de stress, on s'agace parfois, aucune coordination, les médecins se reconnaissent à leur calme et à leurs gestes sûrs.

L'Ange s'excuse en bafouillant : « Je suis désolé, je vous abandonne. Il y a d'autres blessés. On a besoin de moi.» Il a de nouveau les larmes aux yeux. Toi aussi. Il s'excuse d'aller assister d'autres victimes ?! Tu serres sa main. Fort.

— Bien sûr, allez-y, expires-tu. Merci. Merci pour tout.

Tu aimerais bien revoir l'Ange. Lui payer un verre. Probabilité pour que tu pleures dans ta bière : 99 %.

De nouveau, tu attends.

Semi-conscient tu sens qu'on te déplace enfin. Évacuation ? On te charge sur un nouveau brancard. La douleur, bordel, la DOULEUR ! Tu piailles, trop flapi pour hurler. Tu es si faible. Le brancard atteint un camion de pompiers. Le secouriste, très jeune lui aussi, est en panique totale. Il cherche son chef, qui doit conduire le camion. Après un transfert périlleux et douloureux, tu te retrouves allongé à l'arrière, sur une surface métallique, en hauteur. Ce n'est pas un véhicule prévu pour le transport des blessés. Le secouriste stressé t'installe tant bien que mal. Il n'y a rien pour t'attacher. Une autre victime est allongée sur le plancher.

— Restez-là ! hurle le gamin.

Comme si on allait s'enfuir...

— Bordel, mais il est où, Machin ? mugit-il en sortant du camion, avant de se retourner vers nous : Restez tranquilles, tout va bien, je vais chercher mon chef ! On peut pas partir sans lui !

Tu n'es plus à cinq minutes près. Ça doit faire quatre heures que tu as été touché. Tu ne vois pas la personne allongée au sol. Tu entends son souffle rauque et sifflant. Tu crois avoir compris, juste avant d'être pris en charge, que les secours mélangeaient les blessés, un plus grave avec un moins grave, afin de ne pas se retrouver avec des hôpitaux pleins de cas sérieux et d'autres qui n'auraient à traiter que des cas légers. Tu parviens à jeter un coup d'œil à ton compagnon de (futur) voyage : en effet, il semble bien plus moribond que toi.

Après cinq, ou deux, ou dix minutes d'attente, Secouriste Stressé revient enfin. Il a trouvé son chef, on va pouvoir y aller. Tous deux montent à l'avant, nous laissant seuls à l'arrière.

— Accrochez-vous ! lance-t-il.

À quoi ? Il n'y a ni poignées ni rambardes, rien d'agrippable ou de préhensible. Le chauffeur démarre, lance les sirènes, c'est parti pour un des trajets les plus ahurissants de ton existence. La palme jusqu'ici revenait à un Puy-Sainte-Réparade – Aix-en-Provence, tu avais 19 ans.

17

Fred, Jean-Mi, Bill et toi, étudiants à l'Institut d'Études Politiques d'Aix-en-Provence, co-louez depuis le début de l'année scolaire une maison plantée entre champs, vignes et forêt, sur un domaine viticole. Vous y organisez des soirées, des fêtes, des concerts, des dîners et, de temps en temps, y travaillez à votre mémoire de fin d'études. Ce soir-là, vous êtes une douzaine, la sobriété un brin ébréchée. Vers minuit, tu as faim. Plus rien à manger dans la maison. Un des participants, que vous connaissez à peine – il arrive régulièrement que vous retrouviez au réveil de parfaits inconnus endormis dans le canapé –, te dit qu'il a un sandwich dans le vide-poche latéral de sa voiture. Tu sors. Dieu sait pourquoi, tu es en chaussettes. Tu t'approches de la décapotable du Bon Samaritain et te penches par-dessus la portière. Tu marches sur un truc pointu. Tu trouves le sandwich (entamé), reviens dans la maison et replonges dans la petite fête.

Au bout de quelques minutes, tu prends conscience que tu as mal au pied. Tu te dis que tu as marché non sur un traître caillou mais sur une guêpe morte – oui, c'est idiot, mais tu es gris. Tu n'y prêtes guère attention et continues à festoyer.

Tu commences à avoir mal à la jambe. Tu lèves le bas de ton pantalon. Ton mollet et ta cheville sont gonflés. L'inquiétude t'empoigne. Tu t'en ouvres à tes potes. Leur déjà heureuse constitution est amplifiée par les vertus hilarantes d'un haschich ramené en quantité d'Amsterdam. Peu désireux de fêler l'ambiance, tu dis que tu attends un peu mais qu'il faudra peut-être envisager l'hôpital. Tous trouvent ta remarque désopilante – dans leur état, ils te trouveraient même désopilant si tu t'immolais au milieu du salon.

Tu reprends un verre, tu as quitté l'humeur générale, tu penses à un serpent soudain. Ta jambe est insensible, comme molle, toute bouffie. Tu ôtes ta chaussette et regardes le dessus de ton pied. Une petite plaie rouge. Tu demandes à un copain d'examiner le dessous : des traces accréditeraient la thèse de la morsure. Quelqu'un affirme qu'il n'y a plus de vipères depuis des lustres autour d'Aix ; quelqu'un d'autre soutient que les vipères aiment la chaleur et qu'une aurait très bien pu faire un somme sous le pot d'échappement de la voiture. Des plaisanteries fusent. Tu te sens mal. Tu as une pointe au cœur. Sous ton pied, de petites traces rouges.

Branle-bas général. Combien de véhicules disponibles ? Qui est en état de conduire ? Tu t'attifes à la hâte. Tu te retrouves dans la sportive deux places décapotable du Bon Samaritain. Une voiture de potes éméchés ouvre la route, qui sur une grande partie du trajet serpente en descente. Tu angoisses : morsure de vipère, crise cardiaque foudroyante, place du mort... Tu vois le venin cheminer dans tes veines jusqu'à ton cœur. Ton chauffeur conduit très mal. Il t'avoue avoir eu son permis la veille. En plus il a picolé. Tu es blême, accroché à la portière. Tu vas mourir soit empoisonné, soit césarisé – on ne te l'aura pas donné, ce César, comme tu en rêvais adolescent, tu en feras partie. Le Bon Samaritain bourré frôle la paroi de la colline, mord sur les lignes blanches, fait couiner la boîte de vitesses, le tout en roulant, l'expression colle royal, à tombeau ouvert. Tu somatises, tu sues, ta jambe à la fois pèse une tonne et semble ne plus faire partie de ton corps.

Vous arrivez par miracle indemnes aux urgences, après avoir grillé des feux rouges, des priorités, heurté des trottoirs – heureusement il est tard et la circulation est réduite.

Tu entres dans le hall d'accueil. Tu te figes. Deux policiers font la conversation à la réceptionniste. Leurs têtes pivotent lentement vers les six ou huit crétins confits qui viennent de débouler. Regards suspicieux. Tes potes font profil bas. Tu t'approches du comptoir.

— J'ai été mordu par une vipère, halètes-tu.

La fille te regarde comme si tu avais le nez au milieu du front.

— Calmez-vous, monsieur. Que se passe-t-il ?

— J'ai été mordu par une vipère, je vous dis !

Deux-trois pouffements se font entendre parmi les gens qui attendent, assis sur les sièges contre le mur derrière toi. Les flics se rapprochent insensiblement. La réceptionniste lève les yeux au ciel.

— Une vipère, hein ?

— Oui, une vipère.

Un temps. Elle jette un regard aux deux policiers, qui te fixent d'un air plus que soupçonneux.

— Bon, reprend la réceptionniste, donnez-moi une pièce d'identité, on va remplir un...

— J'ai été mordu par une vipère, le poison a atteint le cœur, il faut m'appeler un médecin ! Tout de suite !

Tu t'es penché vers elle, tu la regardes dans les yeux, tu as articulé d'une voix ferme entre tes dents serrées.

Elle décroche son téléphone.

Te voici en caleçon, hirsute, puant l'alcool, couché sur un brancard à roulettes. Ta jambe droite a triplé de volume. Elle est tuméfiée, comme remplie d'eau, et insensible. L'interne qui s'occupe de toi est comme par hasard ravissante, ne porte pas de soutien-gorge sous sa blouse et sent très bon. La honte t'englue. Un rouquin très docte vient te voir, te déclare en préambule qu'il n'y a plus de vipères dans la région, ha ha ha ! voyons voir ce que vous avez petit farceur ! clin d'œil à l'interne. Une quinzaine de minutes après t'avoir examiné, il revient beaucoup moins docte, franchement perplexe, ça alors, je n'ai jamais été confronté à un truc pareil, c'est sûrement une vipère en effet, on voit bien les traces des crocs, les symptômes concordent. Il sort en se grattant la tête. La sublime interne te sourit gentiment, elle a sans doute vu au-delà de ton apparence pitoyable et du ridicule de ta position, un flirt avec elle te tente bien, tu tâches de récupérer un peu de dignité et oses un ou deux traits d'humour, tu places que tu es étudiant à Sciences-Po, cela ne l'impressionne pas du tout, elle t'explique qu'ils n'ont pas d'antipoison et qu'une ambulance en amène de Marseille. « Je reviens » te lance-t-elle avec une complicité certaine, voire une connivence, voilà qui adoucit ton calvaire, une belle histoire pourrait naître de cette morsure absurde, c'est le destin qui a mis ton pied devant les naseaux de la *viperidae,* cette idylle pourrait commencer céans par quelques figures érotiques, non ?

Ton béguin réapparaît, accompagnée hélas du médecin rouquin et de cinq ou six autres internes, retour en fanfare de la honte, heureusement que tu n'as pas commencé les préliminaires en solo. Tu deviens alors le sujet vivant et cobaye d'un cours magistral sur vipères et venin qui t'ôte toute velléité casanovesque.

18

Il n'y a ni poignées ni rambardes, rien d'agrippable ou de préhensible. Le chauffeur démarre, lance les sirènes, c'est parti pour un des trajets les plus ahurissants de ton existence.

Dès le premier virage, tu manques de t'écraser sur ton covoituré en contrebas – la surface en inox sur laquelle tu reposes glisse en diable. Tu te rattrapes de justesse. Tu as mal. Tu es faible. Tu voyages dans une essoreuse montée sur vérins hydrauliques pendant une éternité. Sans jamais ralentir, le fangio grimpe sur des trottoirs, en redescend, opère de brusques changements de direction, semble prendre ses virages sur deux roues, à tel point que tu es pris de quintes de rire, même si te traverse la pensée que tu vas mourir non pas d'une balle au Bataclan mais dans le maudit camion de pompiers censé te sauver. C'est long, ça tape, ça cogne, c'est long, pas une seconde de répit, et la sirène qui déchire tout, c'est long, tu visualises les voitures qui s'écartent, se rangent sur le côté, les conducteurs doivent s'imaginer que c'est lié aux *évènements,* c'est long, tu te demandes où on peut aller pour que ce trajet prenne autant de temps.

Paradoxalement, tu es d'humeur plutôt détendue quand, une fois l'engin fou arrêté, les portes arrière sont ouvertes. Tu es un double survivant.

On te transfère sur un brancard – la douleur, bordel, la douleur…

On te fait franchir des portes vitrées.

Tu es sauvé.

Et te voilà soudain héros d'une de ces séries télé en milieu hospitalier que tu n'as jamais pu regarder (chochotte). Le scénario est parfait, le casting au poil, chacun sait ce qu'il a à faire, connaît ses répliques.

— Blessure par balles ? te demande un médecin, ou chirurgien, l'air d'un chef, calme et empressé à la fois.

— Oui, affirmes-tu. Deux.

Bam ! Bam ! Tu peux presque encore entendre les deux détonations quasi simultanées. Tu apprendras le lendemain que tu n'as été touché que par un projectile. C'est la double explosion de douleur qui t'aurait induit en erreur, la balle qui entre puis sort. Des petites mains autour de toi réenchantent le monde : elles prennent ton pouls, enlèvent tes bagues, t'auscultent, te badgent, te rassurent.

— Vous y tenez, à votre jean ? reprend le chef des opérations.

— Moins qu'à mon cul[1].

Clac ! clac ! quelques coups de ciseaux, fin du jean *slim,* ton préféré.

Tu te vois allongé sur ton brancard, pantalon en guenilles ouvert de chaque côté de bas en haut des jambes, en santiags taille basse avec les chaussettes qui dépassent, caleçon un peu moulant plein de sang, alors tu fais de l'humour, d'autant que parmi les soignants qui s'affairent à ton chevet tu discernes un charmant minois, bah voyons, rien ne te sera épargné, tu es devenu un personnage de *Spin¨al Tap.*

Auprès des autres brancards, ça s'agite aussi. Tu distingues la précipitation contrôlée par le professionnalisme dans les voix des praticiens. « Au bloc, tout de suite » ou « J'ai une transfusion, là, on l'emmène.» Tu as confiance. Les visages rayonnent d'empathie malgré l'urgence et la tension ; chaque regard, chaque geste disent une humanité, une fraternité bouleversantes. Tu es vraiment très faible, tu perds du sang depuis près de cinq heures, tu es tétanisé, tu as froid, mal, tes fringues sont en charpie, poisseuses, mais tes prochains, tes frères et sœurs s'occupent de toi. Enfin. La solidarité, l'altruisme, l'oblativité irradient ce hall bien plus que les néons.

Merde ! Tout le monde doit te croire mort ! Prévenir quelqu'un que tu es en vie, tout de suite. Tu ne sais pas où est ton téléphone (au

1. Que quelqu'un vienne m'affirmer les yeux dans les yeux que je n'ai pas prononcé ce trait d'esprit.

vestiaire dans ta veste ? resté chez Jeanne ?). Tu entretiens avec cet objet des rapports distants, oubliant souvent de l'allumer, voire son existence. Tu refuses d'en acquérir un récent, dont tu n'aurais pas l'utilité puisque tu ne veux pas d'un portable connecté à Internet. Tu abomines cette manière post-moderne d'être à l'existence par écran interposé, entre permanente mise en scène de soi et selfisation du quotidien. Ton snobisme d'arrière-garde t'a peut-être sauvé : les assaillants tiraient volontiers sur les malheureux dont les téléphones se mettaient à sonner. Tu empruntes un portable à un aide-soignant qui passe à portée de ta pauvre voix chevrotante et composes le seul numéro que tu connais par cœur, parce que si facile à retenir : celui de Poopy. Elle ne répond pas. Tu laisses un message.

Le charmant minois ne te demande pas si tu tiens à ton caleçon et le découpe sans ménagement, surtout pas pour ta pudeur. Or tu y tenais. Tu venais de l'acheter, confortable, soutien maximum sans comprimer, effet légèrement *push-up*, un modèle de la marque JOR, introuvable désormais, tu as fouillé le Web. Le médecin en chef t'examine le fondement. La jolie infirmière aux cheveux blonds est toujours là, alors tu tâches de faire bonne figure.

— Il faut voir si un projectile est resté dans le ventre, annonce-t-il.

Il te retourne et commence à te palper au niveau des abdominaux et du pubis, puis il lâche soudain, te redonnant illico toute ta dignité de rocker et de grand mâle sauvage, même habillé seulement de lambeaux de caleçon et de santiags :

— Trop musclé, au scanneur !

Vu du dehors – VIII

Le 13 novembre je suis à Paris mais n'y suis pas.

J'ai un rendez-vous essentiel à midi et demi, ce genre de rencontres où tu joues presque tout, tes tripes autour du cou.

Chauffée, nous déjeunons en terrasse.

Deux bières, une viande en face, une omelette devant.

Alors que le rouge se disperse sur les rebords trop courts de son assiette, au fond de mon jaune moucheté d'un blanc peu franc je traque les indices d'un oui affirmé par l'éminent interlocuteur.

Je ne trouve que des herbes fines pour ponctuer mes œufs.

Nous commandons une autre bière, j'espère alors que ce oui se hissera des vapeurs.

L'homme sait qu'il me tient. Qu'il tient en otage un chapitre de ma vie déterminant au milieu de nos bulles que je vois bien trop vite s'aplatir au fond de nos verres courbes.

Le puissant quitte toujours la table en premier, il doit donc partir évidemment, et garde précieusement sa réponse sous son col de laine.

Il tente tout de même d'être élégant en comblant ma mine défaite en pourcents.

Mais une affirmation atrophiée de 20 %, ce n'est pas une galanterie, c'est une torture.

Il est le capitaine du navire rutilant, je suis le moussaillon qui attend d'être appelé, assis sur une chaise qui branle sous des mouettes qui ricanent en cercle.

Douze kilos d'espoir noués aux pieds, mes yeux les regardent.

Le capitaine m'ancre donc là avec un demi-sourire, je le vois se préparer à partir mais ne reste pas.

J'ai un autre rendez-vous avec un autre directeur. L'homme que j'ai épousé et qui m'a divorcée il y a à peine sept mois. La dernière fois que nous nous sommes vus c'était au palais de justice, il avait de la paille sur son pull et moi des miettes sur le mien. La séparation a été aussi rapide que l'union : quinze minutes. Ce sont les mois d'avant et d'après qui sont interminables.

Des litres de chagrin transformés en vin. Pour supporter ce face-à-face *post mortem,* il va me falloir en boire beaucoup. Il y a toujours beaucoup de vie dans la mort, elle commence par-là, ne se nourrit que d'elle. En tout cas dans les miennes, j'en ai côtoyé quelques-unes. Trop.

Je le trouve beau, je le trouve vieux, je fixe ses rides et évite ses yeux. Sa voix perce mes tympans parce qu'elle est trop suave. Nous venons de terminer la carafe rouge numéro un. Il veut me parler d'elle et de cette mont-golfière qu'ils fabriquent ensemble mais je balaie son petit air de la main.

Nous étions le ciel et y fomentions nos complots aéros. Je ne peux pas, je ne veux pas et puis je sais déjà tout. Son prénom, la finesse de son menton, sa fonction, je sais que c'est elle qui a cousu cette chemise noire piquetée de petites feuilles marron qui lui tapissent le torse.

Parce que je le trouve beau avant de le trouver vieux, je dois partir. Mimer cette puissance que d'autres connaissent.

Je ploierais presque sous le poids du bouquet viticole, mais exige de mes jambes un contrôle maximal. Il faut toujours être la plus belle pour revoir ses ex. Au-delà du sublime pour l'Ex.

Une démarche irréprochable, un cheveu dompté au mieux, et un bustier pigeonnant à souhait pour qu'il glisse entre mes seins tous les regrets qu'il n'avouera jamais.

Comme je n'ai pas su lui dire bonjour, je ne sais pas comment lui dire au revoir. Comment viser la joue de celui dont on a mangé les lèvres durant des années ? Habillée de merlot rouge, je demande à Clément, sans lui donner l'occasion d'une question, de tendre ses bras bien parallèles au sol, et lui saute dedans. *Vlan,* je lui flanque le baiser de la mariée sur la bouche et je m'en vais.

Maintenant je peux tituber.

Après avoir tout fait pour les réprimer, une fois le dos de l'Ex tourné, je sens les degrés d'alcool grimper d'un coup, mais ils ne sont pas seuls dans mon sang, ils partagent la vedette avec une chimie que l'on vient tout juste de m'administrer, il y a quelques semaines à peine.

Le lithium, un poison pour mon bien, il paraît.

Alcool, lithium, je ne sais plus très bien qui je suis au milieu mais me souviens que ce soir j'héberge ma mère... Comme si ma journée n'affichait pas déjà complet.

J'arrive à la maison une quinzaine de minutes avant elle, il me faut du courage supplémentaire, alors au lieu de me mettre sous l'eau, j'ouvre un nouveau merlot, c'est trop.

Je crois tout de même que ce n'est ni l'alcool ni ces nouvelles molécules intruses qui me saturent mais ces successions d'émotion. J'ai la tête qui penche, les idées aussi, ma mère sonne.

En bleu et en douceur, nous sommes à trente minutes des premiers échos du drame. J'ai été déconnectée toute la journée et n'ai aucune idée que sous les feux de ce drame il y a Erwan.

Je sers un jus de citron à ma mère et cache mon rouge dans un verre d'un bleu plus foncé que le sien. Ma mère redoute l'alcool comme personne, il est le monstre.

Nous parlons de ces retrouvailles abrasives, de ce rendez-vous capital et de son capitaine indécis. Je bois discrètement mais n'ai plus de place pour rien, à partir de ce point je ne me souviens plus très bien mais je crois que je suis allée me vomir.

Le téléphone sonne, je réponds sans même savoir vraiment à qui je parle.

La voix, celle de mon compagnon, évoque un Bataclan – que je ne connais que de nom –, Erwan, terreur, je ne comprends pas.

Ma mère fait glisser les liasses numériques des actualités entoilées et me répète nerveusement les mêmes choses que la voix glissée dans mon oreille. Je ne comprends pas. Je reconnais le son de notre langue mais seulement lui.

Sur son visage flouté par mon incompréhension, j'aperçois la tension, ses joues qui se percent, ses mains qui s'agitent et son front qui se plisse. Depuis Charlie, j'ai regardé mille et une heures de documentaires sur l'État Islamique que je voulais désosser. Quand je suis tombée sur les images de l'exécution du policier Amhed sans les avoir cherchées, je me suis effondrée sur le parquet. Je suis restée genoux à terre, la tête dans les mains et les yeux dans mon sel plus d'une demi-heure.

Ce *C'est bon, chef* m'enrubannait les fonctions vitales au plus serré, je ne pouvais plus respirer.

Ce n'était pas un homme qu'on venait d'assassiner, c'était toute l'humanité.

— Ah bon ? Ah bah je vais l'appeler alors !

— Non, ils n'ont pas besoin de toi maintenant ! Va te coucher Églantine, tu n'es pas là !

— J'envoie un texto quand même ?

— Que vas-tu écrire ?!

— Son nom, c'est tout !

Je ne comprenais toujours pas, l'urgence était de me reconnecter à son prénom. Erwan.

Erwan, cet homme lui aussi tatoué dans ma chair, le tout premier.

...

J'avais décidé de loger son nom sous ma peau pour son trente-neuvième anniversaire mais ce matin-là je ne me doutais pas qu'il me réveillerait pour que je l'accompagne en lieu secret. Ça alors, tout le trajet je pensais que ses parents lui offraient une nouvelle mouture de ZX et qu'il avait besoin de moi pour la conduire au retour. C'était ma seule piste, mais je sais Erwan capable d'offrir un cadeau à l'autre pour son propre anniversaire, offrir devient le cadeau.

Mon rendez-vous sur le lit des encres était à quinze heures, je devais être à l'heure.

Vers treize heures, nous étions au cimetière, celui de mon père. Erwan voulait-il le saluer spécialement aujourd'hui ? Je ne le pensais pas.

Je peinais à retrouver sa tombe, pas Erwan.

Il s'est agenouillé devant elle et a demandé à mon père s'il accepterait de lui donner ma main.

Les morts parlent si bas que j'ai répondu en sa place.

Erwan ne le savait pas mais deux heures après je lui donnerais aussi une partie de mon bras.

...

Je ne peux pas m'endormir sans un breuvage chaud, *alcohol free*. C'est rarement pour le boire mais, toujours, pour qu'il me rassure. Ce soir, je suis incapable de le porter jusqu'à ma table de nuit, je tombe avec lui sur mon lit et m'ébouillante.

— Aïïïïïe !!!

— Eh bien tu vois, ça ne m'étonne pas ! Tu ne tiens plus debout, et t'as plus les yeux en face des trous !

— Il y a des nouvelles ?

— Tais-toi, Églantine, dors !

Je dors. Je ne savais même pas quelles nouvelles je prenais.

Vers 6 heures, les hurlements à rebours me sortent de mes draps encore mouillés par le thym bouilli mais je ne comprends toujours pas. Je branche mon téléphone épuisé dans la nuit par tous les appels manqués. Ma mère est déjà réveillée, je n'ai aucune idée de quoi lui dire. Je ne comprends toujours pas tout mais réalise d'un coup que j'ai été absente exactement le jour où il ne le fallait surtout pas. Mon téléphone me vomit à la gueule une centaine de tintements qu'ignorante j'avais laissés sourds.

Je comprends alors presque tout.

S'imaginer un truc comme ça mais c'est inimaginable.

Je me souviens d'un documentaire sur les mères les-biennes que j'avais entrevu avec Erwan. Une femme allait accoucher, son amie présente à la clinique était interviewée.

— Vous teniez à être là malgré votre hantise maladive du sang et des hôpitaux ?

— Dans la vie, il y a parfois des rendez-vous essentiels qui, si vous les ratez, vous privent d'un tout. Votre absence à ce moment-là, précisément, est irréparable. Même si vous avez toujours été là auparavant et faites tout aujourd'hui pour rattraper cette malheureuse absence. Ce rendez-vous-là, vous n'y étiez pas.

Appel. C'est l'hôpital de Créteil, enfin non, c'est Erwan.

Sa voix me câline d'abord car je la reconnais, elle est bien, elle est sienne.

Une balle de kalachnikov, un concert écourté, du sang, des corps, des jambes, des mâchoires, des dizaines d'yeux ouverts mais morts, il arrête sa description aussi empressée qu'éparse et me demande très vite d'appeler les grands amis qui ont veillé toute la nuit.

Comment ça ?

Comment ça ?!

COMMENT ÇA ?!

— Je n'avais pas mon téléphone, et ton numéro est le seul que je connais par cœur, je t'ai donc appelée dans la nuit mais tu devais dormir.

Je devais dormir, oui, voilà, la seule habitante de notre pays qui dormait cette nuit-là, c'était moi.

Je ne sais pas si mon sentiment s'approchait davantage de la honte absolue ou de l'horreur suprême. Oui voilà, pendant qu'Erwan se faisait tirer dessus au milieu des hurlements engoncés, des stupeurs entassées, du torrent rouge irisé et des cordes de métal arrachées, moi, je dormais, assommée.

Erwan a survécu à E.I., mais moi, comment je vais survivre à la précision de cette absence à ce rendez-vous-là ? Je ne sais pas.

L'alternative me semble alors de me concentrer sur le vivant. Erwan l'est.

Le problème de cette alternative c'est que les questions se pressent juste derrière.

Et s'il n'avait pas survécu ?

Et s'il avait survécu mais je ne sais pas moi, paralysé, tétraplégique même, le poids de mon absence assis sur ses jambes éteintes ?

Face à ces interrogations, derrière la fenêtre, je reste debout et évite mon reflet.

19

On s'occupe de toi. Tout est sous contrôle. Pendant que tu attends pour le scanneur (ou était-ce avant d'être ausculté ?), un ou deux flics t'interrogent, en prenant des précautions oratoires touchantes.

L'autour s'embrume, s'allège, les mouvements s'y flo-connent. Effet des médicaments ou relâchement de tout ton être ?

Scanneur. Équipe aux petits soins. Des larmes dans certains yeux. Tu les reverras une dizaine de jours plus tard pour un autre passage dans la machine et ils te raconteront que tu n'arrêtais pas de plaisanter, que tu les as fait rire. Piqûre, au singulier ou au pluriel. Tu te souviens d'une vive douleur et d'une perte de sensation brutale de ta jambe droite – une coupure de courant. Tu ne sais pas trop ce qui se passe ensuite. Tu crois que tu subis une première opération, tu n'es pas certain. Tout se mélange. La chronologie ne t'a pas imprimé. Tu pourrais vérifier dans ton dossier mais ce serait de la triche, n'est-ce pas ? Oui, une première intervention sans doute pour stopper l'hémorragie et évaluer les dégâts. « Embolisation de l'artère honteuse », est-il écrit quelque part. Tu es allé voir vite fait sur Internet à un moment où tu avais besoin de réponses et… frayeur.

Tu te laisses trimballer, tout le monde est si gentil. Quand un brancardier te fait monter au 11ᵉ étage, service réanimation, la nuit tire à sa fin.

Une petite pièce, derrière le comptoir d'accueil. Une jeune femme brune près de ton lit. Delphine, se présente-t-elle. Infirmière de nuit. Tu t'assoupis. Tu te réveilles avec des fils, des sondes, des perfusions, des tuyaux partout. Ça t'angoisse, ça te dégoûte, ça t'effraie. Tu aimerais comme les héros tout arracher, te lever et sortir, prêt pour de nouvelles aventures. Soit tu es une vraie lavette, soit il faut repenser la crédibilité dans le cinéma hollywoodien.

Tu détestes les hôpitaux, tu es mal quand on prend ta tension, quand tu vas faire une radio, tu t'évanouis à moitié à la moindre piqûre. Un peu moins de deux mois après le Bataclan, tu es allé chez une dentiste. Tu te disais que vu ce que tu avais surmonté, tu ne craignais plus rien. À peine assis sur le fauteuil, crise de tétanie. Impossible d'ouvrir la bouche. La dentiste t'a dit qu'elle en avait connu, des cas, mais des comme toi… Elle a à peine réussi à finir ton détartrage. Depuis toujours te hante une image : opération des amygdales, tu as six ans, un magma spongieux et sanguinolent te sort de la bouche au bout des pinces tenues par le praticien. Tu te souviens de sa fureur – il t'a engueulé ! Tu frôlais la folie tellement tu paniquais. Tu n'es pas encore retourné chez la dentiste. Tu devrais. On verra.

De l'autre côté de la cloison, un gamin de vingt-quatre ans a été traversé de haut en bas par une balle, poumons perforés, moelle touchée, il ne remarchera peut-être jamais.

Tu détestes les hôpitaux, tu es douillet, tu négocies pour éviter la sonde urinaire, échec. Tu apprendras vite que les infirmières gagnent toujours. Et qu'un médecin ou un chirurgien, en hôpital, se déplace rarement sans quatre à huit internes autour de lui. Tu leur demandes si tu pourras sortir lundi. Tous éclatent de rire. Tu as toujours été optimiste – il n'est pas impossible même que tu te sois toujours surestimé.

Quand tu poses des questions sur tes blessures, tout le monde esquive. Ne savent-ils pas ou veulent-ils te ménager ? Tu ne peux pas bouger la jambe droite. Auras-tu des séquelles ? Personne ne veut se mouiller. Ou alors c'est grave, et on ne t'estime pas en état d'entendre la vérité. Est-ce que je rebanderai un jour ? Tu n'oses pas encore le demander mais tu sais où tu as été touché. Tu ne sens plus trop tes fesses ni ton périnée ; ni, plus inquiétant, ton sexe et tes testicules.

Est-ce que je rebanderai un jour ? Question essentielle, primordiale, qui déjà commence à te hanter – et ce n'est qu'un début.

Samedi 14 novembre, premières visites : Jeanne, avec Bertrand et Charlotte. Ceux qui ont veillé toute la nuit, cherché des nouvelles, informé les amis et la famille, sans relâche, sans faiblir, ceux qui n'ont appris qu'à quatre heures du matin que tu étais en vie, plus de deux heures après ton message à Poopy (qui ne l'aura qu'au petit matin), plus de six heures après le début de l'attaque. Tu n'as pas pensé à appeler ton numéro. Tu t'es rendu compte de cette incongruité des mois après : ton téléphone était resté chez Jeanne mais *tu n'as pas pensé à t'appeler.* L'extrême souffrance nous ratatine sur nous-mêmes. Explication moins reluisante : ton inconscient voulait qu'on s'inquiète pour toi.

Ils sont beaux, ta Jeanne et tes amis. Des héros, eux. Des victimes aussi. Tu les aimes.

Comme tu l'en avais suppliée au téléphone, Jeanne t'a apporté le manuscrit de *Marguerite n'aime pas ses fesses,* ton roman prévu sortir dans quatre mois. Ta première requête quand elle t'a demandé ce dont tu avais besoin. Corriger ton texte. Tu sais que sans cette *distraction,* tu vas péter un plomb.

On te descend au bloc. Tu attends dans le hall devant les portes battantes. Tu ne peux pas bouger de ton lit à roulettes. Tu ne sais rien de l'étendue des dégâts dans tes chairs. Tu as mal. Tu te demandes si on t'a oublié. « Des complications » te répètent à intervalles réguliers les infirmières qui sortent des salles d'opération. Tu te demandes s'ils sont en train de réparer des compagnons d'infortune. Tu n'en veux à personne, sauf à toi-même qui as oublié de prendre de la lecture. Il n'y a rien ici, aucun magazine de salle d'attente. Il fait froid. Tu poireauteras quatre heures.

Du bloc, tu te souviens seulement de l'anesthésiste. « Vous allez vous endormir doucem… »

Opéré des voies digestives, tu n'as le droit ni de manger ni de boire. Tu demandes si c'est une blague. Non. Tu parviens à arracher le droit de t'humecter les lèvres et la bouche puis de recracher. « Vous n'avalez rien, hein ! Je vous fais confiance ! » Et d'une, tu es fils de militaire, tu as l'obéissance dans le sang, et de deux, tu es bien trop flippé pour contrevenir à un ordre médical.

Des visites. Tes parents tout juste revenus du Viêt Nam, Delphine, Fred, Guillaume, Philou, Hubert, Manuel, Émilie, tu ne sais plus qui, tu ne sais plus l'ordre mais c'est bon. Des larmes et des larmes. Des sourires. Comme c'est bon, putain ! Pourquoi pas tous les jours ? Pourquoi pas à chaque instant de nos vies ? Pourquoi attendre les drames ? Voilà quelques années que tu as décidé de dire que tu les aimes à ceux que tu aimes, de dire quand c'est bien, quand c'est beau, quand c'est touchant. D'exprimer tes sentiments. D'essayer d'être gentil et bienveillant contre le cynisme ambiant et ton fond fier et égoïste. Ça change tout. L'amour autour, en donner, en recevoir, ça change tout. Tant pis pour les pisse-froid.

Vu du dehors – IX

Ce vendredi 13 commençait on ne peut mieux.

Soirée entre amis, huîtres, champagne et humeur légère dans un appartement à République.

Tout bascule par un coup de fil à un convive pour annoncer une explosion au Stade de France, les terrasses, et des coups de feu qui auraient été tirés au Bataclan.

« Putain, Fouch[1] est au Bataclan... »

Textos anxieux, sans réponse.

L'impensable se produit.

On ne sait rien, chaos d'informations, gens qui courent affolés dans la rue.

« Aucune nouvelle de Fouch.»

On est abasourdis, sans réaliser vraiment.

On se met à boire nos verres cul sec, on est ensemble, mais chacun est seul, perdu et isolé

---

1. Ce surnom absurde et inesthétique, mon sparadrap-Haddock, date de mes années étudiantes à Aix-en-Provence. On peut en attribuer la paternité à Jean-Mi, aka John Mou, qui, apprenant que je suis né à Clermont-Ferrand, s'exclama un soir : « Ah, t'es un Fouchtra alors ! »

avec ses représentations de l'horreur, à imaginer l'inimaginable et, au fur et à mesure, le nombre de victimes augmente.

On est ivres, une ivresse désespérée, rageuse et impuissante, hagarde aussi, on se bourre la gueule, on ne peut faire que ça.

La colère monte. Sur le chemin du retour, à vélo dans les rues désertes d'une ville meurtrie, je hurle « Bande d'enculés » de toutes mes forces.

Je finis par rentrer chez moi, toujours sans nouvelle de Fouch. Il est une heure du matin.

Connexion aux réseaux sociaux, Jeanne monte un groupe Facebook et nous informe qu'Erwan n'avait pas son portable sur lui. On est toujours sans nouvelles.

J'ouvre une bouteille de rouge, que je bois seule.

Trois heures du matin, toujours pas de nouvelles.

Je m'endors d'un sommeil épais et alcoolique.

Je me réveille en sursaut à cinq heures, je vais vérifier le groupe Facebook. « Erwan a été blessé, il a reçu une balle, il est à l'hôpital mais il est vivant.»

Je vomis tout, puis je pleure.

Visite à l'hôpital le dimanche.

Depuis vingt-quatre heures, en boucle dans les médias, les visages de l'effroi.

Mais tout reste abstrait, irréel, parce que ça dépasse l'entendement, on ne peut pas « penser » ce qui vient de se produire.

Une seule priorité, aller voir Fouch à l'hôpital.

Il nous accueille, souriant, shooté, exalté aussi, d'être en vie, et entier.

Il a reçu une balle dans le cul.

« Ça lui fait deux trous de balle », m'a dit Jean-Mi au téléphone, on a eu un fou rire nerveux.

La première chose qu'il nous dit c'est « J'ai eu de la chance, le petit jeune à côté, 25 ans, poumon perforé, moelle épinière touchée, il ne marchera plus jamais. »

Première prise de conscience concrète.

Puis il nous raconte sa traversée de l'enfer.

C'est exactement ce que je me dis : « Mon pote est allé passer quatre heures en enfer, et il en est revenu. »

Certains de ses mots m'accrochent, me paralysent, me terrifient, me glacent.

C'est le premier récit que j'entends, bien avant tous les articles et témoignages, bien avant les portraits des victimes dans *Le Monde,* et le seul dont je me souviendrai.

Pendant toute la durée de son récit, je regarde ses mains.

Erwan est en blouse d'hôpital, avec des tuyaux et des perfs partout, comme après une opération.

La seule différence, ce sont ses mains.

Sur ses doigts, du sang séché, marron, incrusté autour de chaque ongle.

Oui, quand on se fait opérer, on a les mains propres.

Pas là. Il a les mains sales du cauchemar, de son sang et de celui des autres, comme une encre indélébile, stigmate de l'horreur.

À ce moment-là, pour moi, les attentats du 13 novembre deviennent tangibles.

Je ne peux pas détourner mon regard de ses mains.

Cette image va me hanter longtemps, elle me hante encore.

Je lui dis qu'il va falloir qu'il écrive ce qui vient de se passer, pas forcément pour être publié, mais parce qu'il faut que ça sorte, pour trouver un exutoire, exorciser les bruits, l'odeur, les cris, créer du mouvement dans le récit de ces quatre heures d'immobilité et de silence absolus à taire sa souffrance et faire le mort.

Il y a une quinzaine de jours, on a refait une soirée entre amis dans cet appartement de République. On n'y était pas retournés depuis. On y a tous pensé, comme un besoin collectif de conjurer le sort.

C'était de nouveau un vendredi.

Cette fois, la table du buffet avait été disposée dans un autre endroit de la pièce et dans un autre sens, intentionnellement.

20

Jour 3. État des forces en présence : faibles. Statut : shooté. Avatar : légume. Tu as compris que : tu n'étais pas près de sortir. Tu as compris que : si la balle a trop salement fracturé la hanche, ce sera quarante-cinq jours d'immobilisation complète. Tu as compris que : tu n'allais pas rendre à ton employeur le *rewriting* promis pour lundi. Tu as compris que : tu es en marge du monde désormais.

Passif. Assisté.

Légume shooté.

Jour 3. Cap sur un nouveau monde. Ton lit largue les amarres. On te bouge, on te roule, on passe des portes, attendre l'ascenseur, on descend, couloirs, encore des portes battantes, on tourne. Adieu le service réanimation du 11ᵉ étage, bonjour la chirurgie digestive, au 4ᵉ. Palabres à l'arrivée, une voix plus aiguë que les autres, « Bonjour, je suis Babeth », un sourire gentil, il est question de la chambre dans laquelle tu vas être installé – est-elle prête ou pas ? Indécision, tu étais prévu ailleurs mais Babeth te pousse dans la 2, elle est libre, « il sera bien, là, au moins il sera tout seul ».

Tu ne te rends pas compte sur le coup du cadeau que te fait Babeth en désobéissant au planning. L'immense majorité des patients sont chambrés par deux, avec tous les problèmes inhérents à la cohabitation de perfusés. Tu ne t'en rends pas compte sur le coup parce que l'éclairage est blafard, les murs blanchâtres, la nuit filasse derrière les vitres attristées de coulures pisseuses ; parce que ce déménagement confirme que tu ne vas pas quitter l'hôpital Henri-Mondor de sitôt, tu ne bandes toujours pas, de toute façon un tuyau te sort de la verge avec une poche en plastique au bout donc c'est préférable.

Cap sur un nouveau monde mortifère. Décor triste. Froid. Une insondable solitude t'estourbit ce soir-là, te torpille une noire mélancolie.

Te voilà capitaine d'un vaisseau immobile de soixante-dix centimètres de large, inclinable, avec barrières latérales modulables et une perche à perfusions côté gauche. Tu ne peux pas quitter le navire, la mer est infestée de requins. Il faut rester allongé, un morne océan de temps à traverser. Au moins tu n'as plus de tuyaux dans le nez, « aide respiratoire » disaient-ils, par contre des aiguilles, par contre la douleur en permanence, qui sectionne le sommeil à intervalles irréguliers mais rapprochés, impossible de te tourner vers la droite, impossible de te tourner vers la gauche, impossible de trop bouger le bras gauche sous peine d'arracher les tuyaux, tu somnoles par tranches de deux heures tout au plus.

Alors *Marguerite...* comme un phare d'infortune, et le stylo rouge qui rature, rature, rature et réécrit dans la nuit bonace.

Cela fait à peine quinze jours que ton éditeur et toi vous êtes rencontrés pour évoquer la publication de ton roman. Il a aimé ton texte. Tu as aimé l'homme. Gentiment, il te propose de reporter la parution, prévue le 14 avril 2016. « Ta décision sera la mienne », t'écrit-il quelques jours après ton hospitalisation. On fonce, mec, on fonce ! Tu n'as que *Marguerite...* pour oublier tes chairs ravagées, tes possibles lendemains sans érections, les piqûres, cachets, pansements, poches diverses auxquelles tu es relié. On fonce, sinon ton vaisseau va sombrer et les requins de la neurasthénie dépèceront ton âme lugubre. Écrire, pour depuis le nid-de-pie espérer San Salvador. Et lire. Tout ce que l'on t'offre, tout ce que l'on t'apporte. Lire et écrire, les deux pôles de ton existence. Tu peux vivre seul. Tu préfères, même. Mais pas sans livres. Pas sans littérature. Pas sans stylo.

L'historiographe a retenu quelques culminaisons de ce début de traversée.

La première biscotte. C'est délicieux, une biscotte. Tu en avais oublié le goût. Trop sous-estimée, la biscotte. La faute aux petits pains suédois ? Ainsi, les Vikings ne se seraient pas contentés de tuer l'artisanat du meuble et d'étrangler nos auteurs de polars, ils auraient aussi émietté l'industrie de la biscotte[1], ces barbares ? De l'italien *biscotto,* « cuit deux fois », le latin médiéval *biscottum* est attesté dès 1218 à Modène selon le *Dictionnaire historique de la langue française.* Après quatre jours sans rien avaler, même pas de l'eau, tu dégustes, pétri de gratitude, la meilleure biscotte de toute ta vie. Retour dans les champs de blé de ton enfance, où tu cueillais volontiers un épi et dégageais les caryopses pour les croquer. Retour à des tables de petit-déjeuner où le défi consistait à beurrer la biscotte sans la briser – certains avancent qu'il suffit d'en superposer deux ; or le seul résultat de cette douteuse stratégie est de doubler le risque de casse.

Le retrait de la sonde urinaire. Qui devait être un moment de libération, un coup de vent dans les voiles à défaut d'une terre à l'horizon. Tu appréhendais, bien sûr (tu préférais oublier qu'elle existait). « Ne vous inquiétez pas, c'est quasiment indolore », te sourit l'infirmière. On t'a entendu hurler dans tout l'étage. Tu te demandes même si ça ne t'a pas fait plus mal que la balle.

La reconnexion aux messageries. Déferlement d'amour, d'amitié, de prévenance. De soutien. D'encouragements. D'inquiétude. De curiosité. Malsaine parfois : des hordes de nouveaux amis virtuels se pressent à la porte dans l'attente

1. Si dans les années 70, plus de 300 biscotteries fonctionnaient en France, il n'en restait plus que six en 2014, selon Wikipédia.

d'un clic approbateur. Tu ne veux ni télévision ni journaux à bord de ton esquif, épargné de ce fait par les bourrasques médiatiques qui, tu le subodores, rafalent la terre ferme. Toutefois, le vent mauvais sait s'insinuer dans le moindre interstice et t'atteint par tribord et surprise : profusion de messages de journalistes – médias étrangers, connaissances de connaissances, amis d'amis virtuels, « Machin m'a donné votre contact », petits malins qui se sont débrouillés pour te trouver. Voire des amis de la vraie vie. À l'approche du scoop, de l'inédit, du témoignage exclusif, tous ont à la bouche une eau que tu vas devoir écoper.

Pas de télé, pas de journaux, tu t'es coupé à l'hôpital de toute actualité autre que la tienne : posologies, diagnostics, visites, piqûres, radio à 14 h, un brancardier viendra vous chercher.

Facile de les imaginer, les gros titres, avec des photos choc de rescapés en sang, visages déformés par la douleur, la peur. De l'information au ras des paupières. L'horreur. Le carnage. Massacre. Guerre.

Facile de les imaginer, les envoyés spéciaux des chaînes de télévision, air grave, compassé, répétant en boucle le nombre de victimes, de blessés, de tireurs, la traque comme si vous y étiez, les barbares à nos portes.

Facile de les imaginer, les micros sous le nez des proches, voisins, survivants, choqués, vibrants, émus. C'est terrible, horrible, impensable, inimaginable, affreux, dans quel monde vivons-nous ? Quelques-uns avancent *mezza voce* qu'on l'a bien cherché.

Facile de les imaginer, les expressions dignes et solennelles, gourmées et empesées, certaines empreintes de tristesse, d'autres de colère, de nos rentiers de la politique. Frapper fort contre ceux qui viennent jusque dans nos bras égorger nos fils et nos compagnes. Des phrases qui baignent dans le sang comme ton visage pendant trois heures.

Statut Facebook – 16/11/2015 – 21 h 36

Désolé pour ceux que mon silence (contraint) a fait flipper vendredi soir. Merci pour les messages de soutien, c'est beau l'amour en mouvement.

Je n'ai rien fait d'héroïque ni d'extraordinaire.

Par contre, je vous jure que le jeune pompier qui me répétait de tenir bon alors que transi, je tournais de l'œil dans la froidure, lui est un héros. Et à l'hosto ces efficacités bienveillantes, ces internes souriants, ces infirmières empressées, l'anesthésiste blagueur, l'aide-soignante aux petits soins, le chef de service pédagogue : des héros.

La routine, tourbe molle, s'installe à bord. Tournées des infirmières – équipes de jour et de nuit. Horaires immuables des repas (de plus en plus consistants). Guetter les bruits dans le couloir (chariots qu'on déplace, voix, micro-ondes en marche), les pas, bientôt une visite, bientôt une présence, pouvoir parler, être réconforté, solacié. Tous des saintes et des saints, celles et ceux qui prennent soin de toi. Tu les aimes, tu le leur dis. Tu les aimes, celles qui babillent et les revêches, ceux qui font mal quand ils piquent et celles qui sont demi-nues sous leur tenue verte, celles qui mettent de la distance et ceux qui blaguent ; tu aimes même, sevré pourtant depuis des jours, ceux qui sentent le tabac froid, comme Abdel, mal à l'aise et gêné les premiers jours – croyait-il que tu faisais l'amalgame... ?

Il faut plus de personnel soignant, les payer plus, se soucier de leur bien-être professionnel. Taxez la spéculation, capez les hauts salaires, démerdez-vous – démerdons-nous – mais n'abandonnez pas la santé publique.

Christophe mesure un bon mètre quatre-vingt-dix et pèse au moins un quintal. Il accepte que tu t'agrippes à son bras (qui fait la taille de ce qui te reste de cuisse) et que tu le mordes quand sa binôme te fait ta prise de sang biquotidienne. Quand tu ne peux pas mordre, tu chantes à tue-tête, ou te lances dans une tirade de jurons inventés en sabir italo-allemand, ou fais semblant d'être devenu courageux et d'endurer *fingers in the nose* la vue des bleus aux plis de tes coudes.

De charmantes jeunes femmes nettoient tes plaies dans le sillon interfessier, vident et rincent tes pistolets pleins d'urine (tu apprendras en tapant ces lignes que le terme précis, que personne n'utilise dans l'hôpital, est « urinal »), plus aucune gêne, aucune pudeur, tu es tout le temps à poil sous ta blouse. De toute façon, ton sexe et tes testicules sont morts. Tu ne bandes plus. Tu essaies d'éviter d'y penser.

Myriam, Maïlis, Anne-Sophie, Habib, Bertrand, Isabelle, Brigitte, Jérôme, Delphine, Micheline, Christophe, Abdel, Laurence, Sophie, Noémia, Carine, Whitney, Gilles, Babeth, Laurine, Cynthia, Magalie, Marie, Sophie, Karine, Salma, Sylvie, Johann, Hélène, Valérie, Francesco, Geneviève, que ramènent-ils chez eux après une journée auprès de souffrants, d'éclopés, de perfusés, d'intubés, de cacochymes, de métastasés, de condamnés, d'immobilisés, de catarrheux, de migraineux, de pneumoniques, d'ulcéreux ? Vous croyez qu'ils ôtent leur blouse, leurs sabots et que les sordidités de la journée restent au vestiaire ? Ils rassurent, sourient, réconfortent, soignent, pansent, bichonnent, torchent, nourrissent, écoutent ; ils se font insulter par certains patients, d'autres les prennent pour des larbins et les sonnent à tout bout de champ, d'autres encore leur en veulent d'être en bonne santé quand eux-mêmes vont si mal. Ils ne sont pas assez nombreux, parfois il manque des draps pour changer les lits ou des blouses pour les malades. Jamais ils ne te font sentir leur fatigue ou leur ras-le-bol. Ils sont l'humanité qui prend soin des siens. Tu t'énerves dans ton lit quand tu penses à ce monde qui veut les privatiser, les rentabiliser, en faire des acteurs de l'économie marchande. Est-ce si compliqué à comprendre que nous avons plus besoin d'eux que de conseillers en communication, de publicitaires ou de traders ? On te répond trou de la Sécu *(sic)*, qu'il faut comparer ce qui est comparable, voir la réalité en face, que l'assistanat tue et que c'est mal de vivre au-dessus de ses moyens. Et que c'est l'heure de ta piqûre.

Conversation à plusieurs, Facebook – 19/11/2015, 2 h 44
Breaking news !
Prenant son courage à deux mains et appui sur tout ce qui passait à sa portée (dont sa perche à perf), dédaignant le pistolet, Erwan est allé pisser tout seul.
Certes, les toilettes sont à trois mètres du lit.

Médecins, internes, chirurgiens viennent te voir une fois par jour. Ils sont invariablement en groupe. Des têtes changent d'une visite à l'autre. Tu ne comprends pas qui est qui, qui fait quoi. Ils se déploient au pied du lit, posent deux ou trois questions, écoutent à peine tes réponses, hochent souvent la tête, regardent peu dans les yeux, conciliabulent, prennent des décisions – radio demain, EMG le plus vite possible, changement de régime alimentaire, de posologie. Puis ils repartent presque comme si tu n'existais pas, comme si tu n'étais qu'un cas. Distance. Esquive.

L'électromyogramme (EMG), sans cesse reporté, sera ton Graal durant plusieurs jours, même si tu n'as pas bien saisi de quoi il s'agissait, juste que cet examen révèlera pourquoi ton foutu pied droit ne veut plus bouger, pourquoi s'y développent d'atroces paresthésies. La balle aurait-elle touché le nerf sciatique ? Ou alors est-ce un écrasement du nerf poplité externe causé par la personne qui te tenait les jambes au sol ? Tu n'aurais pas dû être aussi impatient : tu te retrouveras bardé d'électrodes qui envoient de l'électricité dans ta jambe, la pire demi-heure de ton séjour, un aperçu miniature de ce que devait être la gégène. Six mois après ta sortie, un EMG de contrôle est prévu, pour voir comment tes nerfs ont récupéré. Le spécialiste te refuse tes dérivatifs (musique et lecture), puis s'énerve de ton incontrôlable état de panique crispée. Tes larmes – colère et honte de ne pouvoir contrôler tes réactions de Super Chochotte – achèvent de te le mettre à dos. Il jette l'éponge. Ton rétablissement se mesurera au pif et non en ohms ou en ampères.

Statut Facebook – 20/11/2015 – 22 h 39

Le chirurgien qui m'a réparé s'appelle Francesco. C'est un ponte paraît-il, tout son personnel l'adore, il est italien, originaire de Naples, souriant et rigolard, l'œil vif.

Ce soir, du caca on glisse vite au Calcio puisqu'il a aperçu sur le chevet le So Foot *apporté par l'ami Hubert. On compare le nouveau Napoli d'après-Benitez à la Roma de Rudi, on évoque le jeu d'Higuain, les 9 à l'ancienne, Pogba et Verratti, on cause Pirlo aussi, obligé.*

« On n'a qu'à regarder un match ensemble, ce week-end », je lui dis.

Il rigole.

« Je vous ferai des pastas, *répond-il. C'est ma spécialité. Vraiment, les* pastas, *je maîtrise. Peut-être plus que la chirurgie.»*

Francesco ne t'en apprend pas plus sur ton hypothétique rétablissement que les autres spécialistes, mais au moins à l'inverse de ses confrères pressés, il est entièrement là quand il est dans ta chambre. Il exige que tu l'informes, et avec minutie, de l'état de ton transit. Et de l'apparition des premiers gaz. Le pet comme unité de mesure de ta guérison, génial…

…

Tu bloques, stylo levé au-dessus du cahier. Merde !

…

Tu endêves de ne pouvoir à l'envi convoquer sensations et détails. Tout s'est estompé. Parce que tu es devenu autre, un autre que le « je » qui a vécu les évènements. Tu n'es plus le capitaine fracassé qui ne faisait qu'un avec son lit à roulettes. Ne restent que des flashes, qui n'ont pas leur place dans un « objet littéraire », si ? Des instants.

Comme…

… l'envie d'appeler l'infirmière parfois au milieu de la nuit (se retenir pour ne pas la déranger).

… la bouée censée soulager la douleur quand tu t'assieds dans ton lit qui t'explose sous le cul un matin. En sursautant, l'infirmière manque de t'éborgner avec sa seringue – ç'aurait été le pompon !

… la souffrance morale causée par la malsensibilité – les chairs gonflées, tuméfiées, lardées de nerfs broyés n'envoient plus les bonnes informations au cerveau.

... la première sortie du lit, en fauteuil roulant, pour aller prendre une douche, accompagné par Cynthia. Tu chantes dans les couloirs pendant qu'elle te pousse. Puis elle te lave assis dans ton fauteuil, se débrouille des perfusions. Comme c'est jouissif, l'eau chaude qui coule sur ton corps flétri, dans tes cheveux, pour la première fois depuis quatre jours ! Tu en pleures, d'être lavé. « On l'a fait, Cynthia, on l'a fait, ne cesses-tu de lui répéter. Merci.» On gagne les batailles qu'on peut.

Les amis ravitaillent régulièrement le navire en optimisme, énergie, courage, de leurs sourires et attentions. Jeanne aussi, au premier chef. Malgré ses propres traumatismes, et après avoir coordonné sans jamais flancher ces longues heures durant lesquelles personne ne savait si tu étais vivant ou mort, elle gère l'intendance et la logistique, ta voiture restée devant la gare de Châtellerault, la CPAM, la paperasse, parce que si toi tu es immobile, détemporalisé, la course au large de tes côtes n'a pas été suspendue. Elle semble même plus anxiogène et éreintante que jamais : nombre de tes visiteurs te paraissent plus touchés, plus abîmés, plus traumatisés que toi ; parfois, c'est toi qui les réconfortes.

Il y a ceux qui sont venus tout de suite, pourris de fatigue et d'angoisse ; ceux qui sont venus de loin ; ceux qui sont venus à l'improviste, ou en coup de vent ; ceux qui s'excusent de venir les mains vides alors que leur cœur déborde ; ceux qui connaissent tes points faibles, calissons et caramels mous ; ceux qui t'apportent des livres, ceux qui t'offrent des confiseries. Guillaume arrive avec une serviette de toilette, du gel douche, des chaussons en prévision de tes premiers pas post-apocalyptiques ; Emma avec un énorme ours en peluche, dont tu feras ton doudou et confident. Myriam t'envoie un colis, oh la belle attention ! On vient quelques minutes ou deux heures, on se retrouve à plusieurs autour du lit, des rencontres se font. Tu reçois des visites inattendues, perdus-de-vue depuis longtemps ou fraîches mais bouleversées connaissances. Un apéro s'organisera même avec les vieux potes de la période aixoise, saucisson, rillettes, pâtés, fromages et gigondas, personne n'a pensé au tire-bouchon. Bill explore en vain couloirs et étages pour en trouver un, on finit par enfoncer les bouchons dans les goulots. On a la permission des soignants, qui n'ont jamais vu un patient aussi entouré. « Elle est joyeuse, votre chambre, ça change, ça fait du bien.» Oui, ça fait du bien l'amitié, et quand une ravissante infirmière blonde déboule dans ton royaume un après-midi en lançant : « Un massage ? », tu sais (tu espères) que Guillaume ne t'en voudra pas (trop) de répondre, sapant ainsi la belle image d'homme généreux et altruiste que tu aimes à donner : « Avec plaisir, mademoiselle, mon ami allait justement partir.»

Presque trop de visites certains jours, tu fatigues vite. Tu essaies de le faire comprendre sans être blessant. Il t'arrive de congédier poliment quand l'allusif échoue. Pour lesquels de tes proches te serais-tu déplacé jusqu'à Créteil, toi ? Tu évites de répondre à cette question. Tu es abasourdi par la générosité de tes parents et amis. Tu voudrais partager, en prêter à certaines chambres, à ces formes sèches rabougries dans leur lit, à ces regards déjà ailleurs, à ces volontés muettes et dénervées qui collapsent en bavant ou râlant au pied d'un téléviseur qu'elles ne voient même plus. Le corps ne se retape pas sans amour ; il faut lui donner une raison de lutter. Tu bénis ton naturel jovial, qui te fait non pas prendre mais recevoir l'épreuve *à la légère*. Il existe un mot, en occitan : *lou ravi*.

Si on a les proches qu'on mérite, tu es sans doute une meilleure personne que tu ne le crois.

Statut Facebook – 19/11/2015, 20 h 30

J'apprends à redevenir bipède ; c'est difficile. Ceci fait, j'espère que je ne devrai pas apprendre à redevenir humain.

Vu du dehors – X

L'ÉPISTOLE

« Mon cher ami,

On me dit ici, la rumeur prétend, que vous seriez blessé. Je n'en crois rien, ne veux rien en croire. Cependant, à présent que tout ceci est venu jusqu'à moi, il me faut vous entretenir d'un rêve que j'ai fait de vous et qui m'a causé la plus vive inquiétude. Êtes-vous sauf ?

Ce rêve, le voici :

Des voix parlaient dans mon sommeil. Elles laissaient croire toutes ces choses horribles vous concernant. Cloîtré au château, je n'avais de vos nouvelles qu'une fois laissées l'angoisse et la nuit. De fait, il ne s'était produit en moi ni attente, ni espoir, ni meurtrissure. J'avais, contrairement aux autres, échoué au premier cercle de la passion, et à cause de cela mon corps ne portait aucune trace de votre martyre. Je venais vous voir au midi avec cette amie que nous chérissons, dans cet endroit où vous reposiez désormais. Dans un réflexe imbécile, j'avais acheté un livre japonais que vous aviez bien voulu photographier, me faisant croire qu'il vous plaisait.

Ma façon de vous mentir, de prétendre que je me trouvais dans cette pièce avec vous, que je souffrais avec vous, ne semblait pas vous importuner. J'étais soulagé de vous voir ainsi. Vous paraissiez neuf.

Dans mon rêve, nous discutions longuement, évoquant un certain lieu, je crois, un endroit privé de toute attache qui était désormais devenu pour nous le sol d'un espoir, en même temps que la figure du lien dissous. Plusieurs autres éléments étranges venaient ponctuer la vision. Votre corps. Le cercle de nos amis, avec cette idée incongrue qu'il nous faudrait lever une malédiction. Votre corps rompu, fait d'un mélange de sang frais et de sang séché. Je pris peur, sans doute, à cette vision. Ensuite de quoi, vous me disiez aimer particulièrement mon visage refait même si, je pense, vous parliez d'une autre personne que moi et puis, vous avez continué de vous adresser à moi, mais je ne pouvais plus vous entendre. Mon échec à lire sur vos lèvres n'était compensé par rien, sauf par ce caillou que vous me décriviez et qui vous avait sauvé la vie, me révéliez-vous. À partir de là, je ressentis de nouveau le récit et votre corps m'apparut comme un calvaire au bord du chemin. Et puis cette question que vous me posâtes : « Êtes-vous de ces bouches qui s'accaparent le sourire d'autrui ? » C'est à cet instant que je m'éveillai, probablement en suaire, au milieu de la nuit.

Mon cher ami, il se pourra qu'un jour, on prétende qu'à l'autre je ne suis rien et qu'il n'est rien pour moi. Il se fera sans doute, les mauvaises gens, qu'on dise que vous n'êtes rien pour moi. N'en croyez rien, surtout, je vous en conjure. Nous sommes liés ensemble par cette longue amitié, et aussi par celle de notre cercle. Que serions-nous dans le cas contraire, sinon la somme aveugle de nos rencontres, la figure fugitive de trajectoires qu'avant les meurtres nous appelions existences.

Il se peut, il se fait que nous avons pu croire tous deux que nous sortirions grandis de ceci. Pour vous, oui, cela ne fait aucun doute à le considérer ainsi. Je reste, pour ma part, le pauvre pécheur que vous savez.

À propos des meurtres, je ne sais rien en dire, vous ne l'ignorez pas, je n'ai entre autres infirmités d'opinion sur rien. Nous avons parfois échangé sur le sens qu'il y aurait à donner au monde, mais plus sage et engagé, vous avez toujours su trancher pour le vif (comme cette fois, vous la rappelez-vous, où sortant cuités du Globo, titubant sans plus d'éther dans la nuit castelroussine, ma voix devint beaucoup trop forte.)

De tout ceci, et si nous devons les caractériser comme des manquements de ma personne envers la vôtre, je vous conjure de bien vouloir me pardonner. Si vous souhaitez toujours, par un effet de l'infinie mansuétude que je vous connais, me conserver votre amitié, j'espère que vous accéderez encore à une ultime requête : celle de quérir en ma faveur le pardon de nos compagnons, et en premier lieu celui, excessivement précieux, de notre amie qui a survécu face au canon.

Vous savez plus que quiconque que s'il m'arrive de pleurer sur un coup de vent, j'y parviens rarement lorsque la tempête souffle à nos pieds. Vous ne m'en avez jamais tenu rigueur jusqu'ici, préférant retenir mon rire qui force tout. Je suis toujours dehors, à vous guetter, à m'offrir votre joie lointaine. Ce que je vois, c'est que vous avez fait, et notre amie également, plus que survivre à tout.

Voici, mon très cher ami, les bizarreries qui ont traversé ma nuit et le cortège de pensées moribondes qui l'ont accompagnée. J'espère que vous n'avez point trop souffert de leur relation, que j'ai très légèrement romancée pour leur donner une cohérence que ma mémoire n'a pas su conserver.

Je vous souhaite le meilleur et contiens à peine mon impatience de vous serrer prochainement dans mes bras pour glousser avec vous de tout cela, de cette fantaisie, attablés autour d'une de ces grasses pintades rôties dont nous affectionnons tous deux la tendre chair.

Je vous dis à bientôt, mon ami très cher, et vous quitte, soulagé que tout soit pour le mieux, vraiment.

Votre très dévoué, Anc Le Damneur »

21

Tu as fait connaissance avec ta mort, allongé sur le sol du Bataclan ; tu rencontres maintenant ta vieillesse à venir, allongé impotent dans ton lit d'hôpital. Le face-à-face avec ta finitude est tout aussi puissant que l'a été celui avec ta fin. Les progrès sont ténus. Les victoires imperceptibles pour l'œil extérieur. La volonté toujours en tension.

Geneviève, ta kiné, et Johann, son assistant, prennent le commandement de la bataille contre l'horizontalité. Un matin, ils t'enfilent chaussettes, baskets montantes, releveur de pied, t'aident à te lever, puis tu clopin-clopines dans le couloir, à demi appuyé sur des béquilles. Tu te sens héroïque. Tu chantonnes, plaisantes avec qui vous croisez, souris. Tu en pleures, de cette infime avancée. Puis tu manques de t'évanouir. Tenir la station verticale, on n'imagine pas tout ce que ça sollicite : tu morfles ta race à cause des hématomes, des chairs et tendons endormis à force d'immobilité. Les premières fois, tu dois renoncer après quelques minutes.

La journée vit et vibrionne, s'ébroue dès potron-minet, réserve surprises et échanges. Mais dès le dernier passage de l'équipe de jour, le silence. La nuit, une visite, parfois deux. Rapides. Efficaces. Les infirmières ont beaucoup de chambres sous leur responsabilité. Parfois tu voudrais les retenir, bavarder. Leur attitude n'y incite pas. Tu n'oses risquer la rebuffade. Tu sais que tu n'es pour elles que « la 2 ». Il y en a une vraiment jolie à peau brou de noix ; en mâle rudimentaire, tu lorgnes ses seins, ses fesses, sa culotte dès que tu le peux, par réflexe car cela ne te fait rien, l'absence de stimulus mental te panique presque autant que l'inertie pénienne – explicable, elle. Et si tu n'avais plus jamais envie de te délayer entre les jambes d'une femme ? Et si tu ne réagissais plus jamais au galbe d'un fessier ? Attendez ! Juste une minute, laissez-moi mater vos... Elle est déjà partie.

— T'as fait la 4 ? lui demande sa collègue dans le couloir.

— Non, il est pénible, la 4.

Quitte à relever des absurdités grammaticales, tu empoignes ton stylo rouge et passes ta frustration sur *Marguerite*...

La journée vibrionne. La nuit s'attelle, silencieux scorbut, à saper toute rémission. S'y déploie, démultipliée, la conscience de soi. La douleur y prend ses aises, débarrassée de l'orgueil qui en plein jour fait serrer les dents, esbroufer le hâbleur. À quoi bon sauver la face si ce n'est aux yeux d'autrui ? L'obscurité n'y est pour rien, c'est la solitude qui nous délite ; fait glisser, tire-bouchonner, s'emmêler dans les tuyaux draps et couvertures ; rend plus aigu l'inconfort du lit petit et étroit où le sommeil ne se sent pas bienvenu.

Tu as au fessier les plaies d'entrée et de sortie de la balle, plus les cicatrices de la réparation opérée par Francesco. Ça te pique, ça te gratte, ça te brûle, ça te gêne, tu as des couches, compresses, pansements à changer parce que les lésions suintent, des trucs s'écoulent, c'est normal, les humeurs s'évacuent, la cicatrisation est un processus organique. Tu as mal, ton ventre est dur et gonflé, ton corps transmet des signaux contradictoires ou brouillés à ton cerveau – la nuit, qu'entendre d'autre sinon ces petits rongeurs dans ton isolation ?

C'est toute une expédition pour parcourir les trois mètres jusqu'à la cuvette des W.C. avec le mât à perfusions et les tuyaux (il faut faire passer le tout de l'autre côté du lit), ta jambe inerte, tu dois y aller à cloche-pied (une fois, tu glisses et te rattrapes au mur par miracle), c'est éprouvant, éprouvant de t'installer, éprouvant de rester assis, éprouvant de revenir à ton lit, donc tu restes à chaque fois très longtemps sur les toilettes à attendre la libération. Tu ne sens pas tes couilles, tu as le périnée comme un chou-fleur, des paresthésies, des élancements électriques dans les nerfs, les muscles n'obéissent pas ou mal, tu enrages, tu pleures, tu pestes, et rien ne vient. Tu as peur de forcer et de faire sauter les cicatrices toutes fraîches, tes intestins ne te répondent pas, traumatisés, recroquevillés.

La nuit, tu te parles, tu t'encourages, tu te motives, tu te harangues. Tu t'autorises à être fier de toi, à pleurer pour irriguer ton courage, personne ne sait rien des monologues qui nous trament. En quinze jours d'hospitalisation, tu verras quinze levers de soleil. Avec la même gratitude à chaque fois. Alors la journée s'ébroue et fondent sur toi le dévouement, l'attention, la sollicitude de tout le personnel, ces gens sans parachute doré, sans résidence secondaire, sans stock-options, qui viennent en transports en commun, ronchonnent dans les bouchons des départs en vacances, râlent dans ceux des retours au volant de leur voiture achetée à crédit, des gens qui n'auront pas de Rolex à cinquante ans, travailleront jusqu'à soixante-dix, il faut bien payer les parachutes dorés, les dividendes, les stock-options.

Tu vas prendre une douche chaque jour désormais, seul. En t'appuyant sur une béquille, aux murs. En traînant tes petites poches en plastiques suspendues derrière toi. Francesco t'examine souvent. Il est épaté par la cicatrisation et l'évolution générale de ta blessure. Il te demande si tu as des gaz (*Sì ? Bene, bene !).* Tu ne bandes toujours pas. Tu t'inquiètes pour la millième fois du nombre de jours qu'un bipède peut rester sans aller à la selle (toi, d'habitude, c'est zéro, tu as toujours eu le transit heureux, autant dire que le record que tu es en train d'établir n'est pas près d'être battu).

— Monsieur Larher, fait Francesco en levant un doigt, l'air faussement docte, avec son accent italien si prononcé, soyez bien sûr d'une chose : le caca finit toujours par gagner.

Conversation à plusieurs, Facebook – 21/11/2015, 10 h 42

Il vit qu'Erwan avait été patient ;
Il vit qu'Erwan avait été respectueux du transit ;
Il vit qu'Erwan avait flatulé en rythme doux et bonne cadence ;
Alors, au Huitième Jour, Il ouvrit les Sphincters Sacrés.

— Et la tête, ça va ?

— La tête ? C'est au cul que j'ai été touché.

(Yeux au ciel.)

— Oui, je sais, mais… tu y repenses ? Tu fais des cauchemars ? Tu as des angoisses ?

Non, non, rien de tout cela, pas de suées nocturnes non plus. Tu étais au mauvais endroit au mauvais moment, tu es un miraculé, pas une victime. Iblis, Éfrit et Saala n'en avaient pas après toi personnellement, pas de quoi se terrer dans la peur. Poopy, elle, a la sclérose en plaques, on n'en guérit pas, tu ne l'oublies jamais.

— Tu rationalises !

Bien obligé : on te laisse sans répit entendre que tu es un monstre de ne pas te réveiller en hurlant toutes les nuits. Toi, tu te sens normal, mais tu cherches des explications puisqu'il semblerait que tu ne le sois pas. *(Lou ravi ?)*

— Ce que tu as vécu n'est pas normal.

— Je n'ai rien vu. Seulement entendu. Pour autant qu'un caillou puisse entendre.

— Mais c'est traumatisant, quand même, non ?

Ce qui te traumatise, c'est que tu ne sais pas si tu rebanderas un jour – la décence et l'orgueil t'empêchent encore de t'en ouvrir à des oreilles autres qu'hippocratiques. Nul doute que cette crainte prend toute la place et brésille les autres. Concernant ta jambe, les autorités compétentes semblent pronostiquer que tu auras peu de séquelles puisque la balle n'a pas touché le nerf sciatique ; pour la fonction évacuative du système digestif, Francesco juge la guérison en bonne voie. Le sujet sur lequel personne ne s'avance, c'est l'érectilité de ton avenir. Si tu dois faire des cauchemars, ils seront plutôt liés à ta dévirilisation. De toute façon, pour cauchemarder, il faut dormir.

Quand tu réfléchis à ta supposée monstruosité (à ton *lou*-ravissement ?), tu soupçonnes que ton cerveau a activé un mécanisme d'autoprotection. Il s'est mis en sécurité, disjoncteur automatique pour se défendre contre l'impensable. Alors pourquoi essayer d'aller dépiauter ces dispositifs cachés si aucun symptôme ne trouble la surface ? Au prétexte que tu *devrais* aller mal ? Qu'avoir vécu « ça » va *nécessairement* laisser des traces et ressortir un jour ? Peut-être que « ça » ne ressortira jamais. Peut-être que le cerveau est si subtilement construit qu'il a déjà fait le boulot. Assimilé. Digéré. Disjoncteur réenclenché, la vie continue.

À deux chambres de la tienne, un autre rescapé de la tuerie, un peu plus mal en point que toi mais rien d'irréparable. Guillaume était au concert avec sa femme, également blessée, rien de trop grave non plus. Ils ont des enfants. Pour lui, cet évènement marque un tournant. Dès qu'il sera rétabli, t'explique-t-il, enthousiaste, exalté, il va changer de vie. Plaquer son emploi – qui ne l'épanouit pas, il se sent exploité –, plaquer Paris, tout recommencer, construire une autre existence avec le bonheur comme mortier.

— Toi aussi ? te demande-t-il un midi qu'il déjeune dans ta chambre.

Non. Tu es heureux dans ta vie taillée sur mesure, bien ajustée, même s'il arrive qu'elle serre au niveau de la ceinture en fin de mois. Tu as fait ce choix de tout chambouler voilà quinze ans. Quitter l'industrie musicale et ses gratifications symboliques, sociales et financières pour mettre l'écriture au centre de ton emploi du temps. Quitter ta peau de branleur égocentré pour essayer d'être attentif aux autres et au monde (ne jamais relâcher ses efforts). Quitter Paris. Le chemin a été escarpé parfois, épanouissant toujours, jalonné de rencontres épatantes et d'expériences fécondes. Tu ne vas donc pas plus qu'avant « profiter de la vie » parce que tu ne conçois pas très bien comment ce serait possible, expliques-tu à Guillaume. Tu n'ajoutes pas que par contre, tu vois très bien comment il serait possible d'en profiter moins si tu ne peux plus jamais te mettre au garde-à-vous devant Vénus. Guillaume a besoin de parler du 13 novembre et de ses conséquences. Pas toi. Tu n'as cependant pas le cœur de lui refuser ta présence alors tu l'écoutes. Tu n'éprouves pas la nécessité d'échanger avec d'autres survivants, de partager tes ressentis dans des groupes, des associations, un *entre nous*. Quand la République t'invite à un hommage aux victimes, tu ne réponds même pas tant l'idée te semble incongrue.

— Et vous ne vous demandez jamais pourquoi ? te poinçonne Mme B.

— Non.

Statut Facebook – 24/11/2015

Mme B. a la coupe de cheveux la plus improbable que j'aie vue depuis longtemps. Un peu celle du Ken de Barbie mais en version féminine, un truc d'où pas un cheveu ne dépasse, laqué à en trouer la couche d'ozone, d'une couleur orangeâtro-marronnasse. Mme B. a la mine austère d'une mère supérieure et un regard fixe, certainement travaillé pendant des années, rendu inquiétant par la confusion entre iris et pupilles. Mme B. est une des psychologues de la cellule de soutien aux victimes des attentats.

Lors de ses deux premières visites, Mme B. (toujours accompagnée d'une ou deux collègues qui se contentent de hocher la tête et de sourire) était visiblement déçue que je n'aie ni cauchemars ni paniques nocturnes.

Lors de sa troisième visite, j'étais écroulé de rire dans mon lit parce qu'on venait d'échanger des blagues débiles avec Christophe, un de mes aides-soignants préférés, une armoire black au sourire permanent, aux doigts de fée et à la repartie bien sentie. J'avais continué l'entretien avec Mme B. dans la même humeur.

Le lendemain matin, elle pousse de nouveau la porte de ma chambre et entre avec ses deux faire-valoir.

— Pouvons-nous parler, M. Larher ?

— Heu… Oui, mais vous n'allez quand même pas venir tous les jours, si ?

Un temps.

Mme B. darde sur moi son regard, qui vous donne envie de vous excuser de respirer. Elle soupire et pince les lèvres, puis agite la tête de droite à gauche (sa coiffure ne bouge pas, c'est impressionnant).

— Je suis désolée, M. Larher. (Tu parles !) *Mais je vous trouve vraiment trop joyeux.*

Joyeux, tu ne l'es soudain plus lorsque tu penses à tes santiags. Passe encore que les dépouilles de ton caleçon et de ton jean préférés aient sans doute été jetées dans l'urgence et la confusion du 13 au soir. Mais tes santiags !

Tu adoptes les santiags à l'IEP d'Aix-en-Provence, sous l'influence du premier de tes camarades à devenir un ami, Jean-Mi, qui te fait également découvrir le Velvet Underground et Sonic Youth, loué soit-il. Il en porte été comme hiver avec une coolitude qui t'impressionne. À l'époque, tu sors de ta période gothique et te cherches un peu question look. Les santiags tombent à pic dans cette phase d'indécision.

Tu optes pour la taille basse, juste au-dessus de la cheville (contrairement à Jean-Mi, ayatollah de la botte montante). La santiag doit avoir un talon biseauté, assez court afin de rebiquer à la pointe (tu fais ôter du talon par un cordonnier une ou deux des lamelles de cuir qui le composent). Elle n'a jamais quitté ta garde-pompes. Tu racontes volontiers que la paire qui a disparu dans les méandres de l'hôpital Henri-Mondor avait vingt-cinq ans. C'est exagéré. Une bonne quinzaine d'années, pour sûr. On t'a raillé à certaines époques (« Des santiags ? Trop ringard ! »), tu as pu te féliciter à d'autres d'être un fourrier de la hype, avant de redevenir *has-been* deux ans plus tard – de l'inconvénient d'être constant.

Le modèle que tu portais au Bataclan est assez difficile à trouver. Outre la particularité de leur talon, ces *boots* sont pointues (on entend parfois « à gueule de requin ») et sobrement noires, sans chichis (les Mexicains, rois de la santiag, ont une étonnante propension à surcharger leurs bottes, jusqu'au kitsch parfois). Tu venais de les faire restaurer car la semelle en cuir d'origine s'était fendue sur toute la largeur, juste au niveau où elle se plie durant la marche. L'opération a été délicate, et onéreuse. Tu hésites à en parler à ton assureur.

Un membre du personnel soignant t'ôte tes bottines peu après ton arrivée à Henri-Mondor et les pose au bout de ton brancard à roulettes. Elles y sont encore lorsque tu es déplacé au 11e étage, dans le service réanimation. Tu es dans le coaltar, à moitié évanoui, on t'a déjà probablement envapé de médicaments, mais tu en es certain. Ce serait lors de ton transfert au service chirurgie digestive, le mardi, qu'elles auraient disparu ? Ou juste avant ? Ton hypothèse, la plus probable, la plus valorisante en tout cas pour ton ego, c'est qu'une infirmière, fétichiste et/ou amoureuse, les a chouravées en loucedé. Tu ne peux croire que ce soit un de tes visiteurs. Parmi les premiers, Philou, qui doit chausser du 48 et ne collectionne que ce qui se rapporte aux bourrins ; Hubert, qui ne porte que des Dr. Martens ; tes vieux potes Fred et Guillaume, qui respectent trop la tiag pour commettre un tel larcin – même si, embourgeoisés, ils ne portent plus que des pompes italiennes. Non, plus tu réfléchis, plus tu soupçonnes une admiratrice éperdue. Ce qui n'adoucit qu'à peine ton dépit.

Tu mobilises tous les services de l'hôpital, jusqu'à l'assistante sociale, en vain. « Vous savez, il y a hélas beaucoup de vols dans les hôpitaux », t'apprend-elle. Quand on te demande si tu as des séquelles du Bataclan, l'anérection vient en premier ; puis, bien avant ta paranoïa, bien avant le jean *slim* et le caleçon flingués (tu ne récupéreras pas non plus ces hardes, qui auraient pourtant eu valeur de reliques), tes santiags volatilisées. Le pire, c'est que tout le monde croit que tu plaisantes.

Vu du dehors – XI

Je n'étais pas à Paris dans la nuit du 13 au 14 novembre 2015. J'étais chez mes parents, dans ma chambre d'enfant. Partout, il y a des perroquets : sur la frise, les rideaux, les draps... Les patères sont en forme de cacatoès. Je ne me souviens pas pourquoi j'ai tant aimé les perroquets à un moment de mon enfance. Ce que je sais depuis longtemps, en revanche, c'est que les soirs d'angoisse, les perroquets – avec leur tête penchée de côté comme les zombies des films de Romero – peuvent devenir terrifiants.

Mais le 13 novembre commence comme une soirée joyeuse – ça paraît presque déplacé comme souvenir, à présent. Je viens de recevoir un prix littéraire, j'ai bu du vouvray avec mes parents, devant la cheminée. Et – chose étrange – nous avons parlé d'Erwan. Je ne sais pas pourquoi mes parents s'intéressent à lui, qu'ils n'ont pourtant croisé qu'une fois, au Salon du Livre du Mans. Je crois qu'ils ont aimé son numéro de bateleur et qu'ensuite *L'Abandon du mâle en milieu hostile* les a laissés perplexes mais admiratifs. Souvent, je pense en ricanant intérieurement que s'ils savaient que lui et moi avons couché ensemble, ils ne prendraient plus de ses nouvelles avec tant d'amitié.

Mon téléphone sonne sans cesse – textos et notifications Facebook pleins de félicitations. Je me souviens avoir dit à mes parents, sans que je sache ce qui l'a provoqué : La vie est formidable. Eux qui m'avaient vue effondrée exactement deux ans plus tôt, gémissant : Je n'y arriverai pas, ont souri tendrement avec l'air d'avoir cette communication télépathique de parents que je leur ai toujours enviée. Et puis le vouvray et la chaleur du feu m'assomment d'un coup. Je monte me coucher alors qu'il est très tôt – chose que je me permets car la chambre aux perroquets m'a vue si souvent aller au lit de bonne heure, chose que j'aurais du mal à avouer ensuite quand on me demandera où j'étais la nuit du 13 parce que je me sens ridicule de m'être couchée à 21 heures. Avant de sombrer, je me rends une dernière fois sur Facebook et réponds des « merci » ici et là. Je crois que je vois passer quelque chose sur des tirs au Stade de France mais ça ne m'alarme pas – ou alors j'ai trop sommeil pour cliquer sur le lien, je ne sais plus. Je note également qu'Erwan part au Bataclan en santiags. Je souris en imaginant sa panoplie de rocker. Je repense à ce qu'il m'avait dit, une fois, dans le soleil de Bougival alors que les clopes de la veille me desséchaient à retardement et que je me foutais de sa gueule parce qu'il jouait au squash, je ne me souviens plus exactement de ses mots mais c'était quelque chose comme : Petite, à mon âge, tu ne peux pas être un rocker et ne pas faire de sport. Si je deviens gros, j'aurais l'air d'un con ou d'un porc dans les trois quarts de ma garde-robe. Ça m'avait fait rire – même si j'avais probablement pensé avec une certaine appréhension qu'il était bien plus mince que moi et que mes vingt-sept ans ne m'aidaient en rien.

Deuxième chose étrange – pourquoi est-ce que tout se transforme en coïncidences troublantes après coup ? Pourquoi y a-t-il toujours quelque chose qui nous permet de croire à un pressentiment ? –, ce soir-là, je n'éteins pas mon portable avant de m'endormir, ce que je fais toujours d'habitude, par peur que les ondes ne dégradent ma qualité de sommeil ou parce que j'ai été réveillée trop de fois par des potes ivres m'intimant de les rejoindre *maintenant* à l'autre bout de Paris (ce que je comprends une fois que j'ai rajouté les consonnes qu'ils n'arrivent plus à faire passer entre leurs lèvres). Le vibreur me réveille alors que je viens à peine de m'assoupir. Je remarque en décrochant que j'ai tout de même eu le temps de recevoir une dizaine de messages. À l'autre bout du fil, Corentin, un ami de longue date qui travaille à Dubaï, s'inquiète, où est-ce que je suis, est-ce que ça va ? Il parle très vite et moi je réponds lentement, en chuchotant. Entre les brumes du sommeil et les yeux de perroquets fixés sur moi, mon cerveau peine à saisir ce que Corentin m'explique : des tirs au Stade de France, au Bataclan, peut-être ailleurs. Il cherche notamment à joindre une amie commune qui vit dans le 10e et qui ne répond pas au téléphone. Je le rassure :

— Ben… ça doit être un règlement de compte, non ? Je ne vois pas pourquoi Claire serait mêlée à cette affaire. Et puis le Bataclan, c'est loin de chez elle et puis…

Les santiags d'Erwan font alors irruption dans mes pensées – ça pourrait être un plan de vieux western, avant que la caméra ne remonte sur le visage de Clint Eastwood – et je me fige.

Je n'arrive pas à retrouver le premier texto que je lui ai envoyé. Ce dont je me souviens, c'est que je l'ai écrit avant d'être allée sur Internet et que c'est un message plutôt calme, presque nonchalant, quelque chose comme : J'espère que tout va bien. Tu me dis ? Bises.

Ceux que j'ai reçus entretemps, je suppose que tous les Parisiens les connaissent : une succession de « ça va ? » et de « t'es où ? ».

Je prends connaissance de l'ampleur des attaques en maudissant le réseau qui – bien sûr – ne saurait arriver pleinement dans la chambre aux perroquets, territoire de l'enfance protégé d'Internet et me délivre les informations au compte-gouttes. J'essaie de m'endormir, n'y parviens pas, écris de nouveau à Erwan, cette fois clairement angoissée : Putain, dis-moi que ça va.

La nuit avance, à la fois courte et lente, ponctuée de « ça va ?/t'es où ? ». Et pour chaque ami qui me rassure, les noms, les visages de deux ou trois autres surgissent, dans cette chambre anormalement calme, alors de nouveau, j'écris des « ça va ? » dans le noir et j'attends.

Parfois, entre deux messages, je m'endors. Et dans mon sommeil, j'entends mon téléphone qui tinte, le bruit entre dans mon rêve et mon rêve l'assimile, le digère : je rêve qu'on me prévient par texto que tout Paris est sain et sauf. Plusieurs fois, en me réveillant, je porte la main à mon téléphone, persuadée qu'Erwan aura répondu.

Mais rien.

Sur Facebook, je lis qu'il a oublié son téléphone chez sa copine et je me résous à ne plus écrire de messages comme on tente d'attraper la main de quelqu'un dans le noir.

C'est la première fois que je vis cette situation : ne pas savoir. Il m'est arrivé (peu, disons-le) de perdre des gens qui m'étaient chers mais j'ai toujours appris leur mort comme un fait accompli. On ne m'a jamais dit : il se peut qu'untel y soit passé, il se peut que non, personne ne sait. C'est un peu comme l'expérience du chat de Schrödinger – pendant quelques heures Erwan est à la fois vivant et mort. C'est fou le nombre de pensées qui peuvent arriver dans ces heures-là.

La nuit du 13 novembre, cela fait un an et demi que je n'ai pas vu Erwan. Nous nous sommes croisés au Mans – comme d'habitude – mais cette année-là il a fait l'aller-retour en une fraction de seconde parce que les libraires avaient oublié de commander ses livres. Ça ne compte pas. La dernière fois que j'ai passé du temps avec lui, je crois que c'était justement à Bougival, début mars 2014. On avait parlé de littérature, on avait bu du vin rouge tout nus sur le grand lit, j'avais frimé en disant qu'on « baisait » ensemble et il avait répondu en souriant gentiment entre ses cheveux longs et sa barbe de trois jours, avec le visage de celui que mes frasques de jeune femme indépendante n'impressionnaient nullement : « Tu peux dire "faire l'amour", tu sais. Ce n'est pas pour ça que je te proposerai le mariage ou des vacances familiales en Corse.»

Pendant les heures où je ne sais pas s'il a survécu au Bataclan, c'est à ça que je pense : à ce moment très joyeux partagé avec lui et au silence qui a suivi ensuite. Je lui avais écrit quelques semaines plus tard que j'avais rencontré quelqu'un et lui m'avait répondu que nous devions être des jumeaux astraux ou quelque chose parce que c'était aussi son cas. Il n'y avait eu aucun froid, aucune gêne mais j'avais quitté Paris pour l'année et il n'y avait plus de salons du livre pour créer des retrouvailles et les mois avaient passé, comme ça, sans que ça me préoccupe, jusqu'à la nuit de Schrödinger. Erwan ne peut pas mourir, me dis-je alors que l'aube apparaît sur les champs qui s'étalent sous ma fenêtre, parce que je ne lui ai jamais dit merci. Mon inquiétude est égoïste, purement et violemment : si je refuse qu'il meure ce n'est pas à cause de tout ce que lui laisserait en plan mais à cause de ce que moi, je n'ai pas eu le temps de faire.

Au début de l'automne 2013, le garçon avec qui je vis depuis cinq ans me quitte brutalement et me laisse en vrac, sur le plancher d'un appartement qui porte partout ses marques et que je ne supporte plus. Pendant des mois, je suis persuadée que je ne pourrais plus jamais toucher un homme ni être touchée. Je suis sûre que mon corps s'était tellement fait au sien que toute autre peau, autre main, autre bouche (et je vous épargne les digressions sur les parties génitales qui cristallisaient pourtant la majeure partie de ma peur) se révélera si radicalement étrangère qu'aucune interaction plaisante ne sera possible. Par conséquent, je ne sors plus. J'écris beaucoup, ça m'aide à tenir debout, à ne pas me sentir trop misérable. Je me dis que le reste de ma vie pourrait se dérouler de la sorte. Pourtant, au mois de janvier suivant, j'embrasse Erwan dans une cuisine et nous rentrons ensemble chez moi.

Nous sommes ivres et hilares. Je ne me souviens plus du déroulement exact de la nuit. Tout ce que je sais, c'est que ma gueule de bois le matin suivant ne parvient pas à chasser la joie que je ressens parce que je me suis réveillée. C'est ce que murmure tout mon corps.

Je retourne ces pensées en boucle en me jurant que si Erwan n'est pas mort, je lui dirais tout le bien qu'il m'a fait, je lui dirais qu'au même titre que l'écriture, que les amis qui m'ont veillée, que mes retraites multiples dans divers coins oubliés de la campagne française, il m'a ramenée de ces enfers de tristesse et d'apathie d'où je ne croyais pas remonter. Je me fais ces belles promesses jusqu'à ce que j'apprenne qu'Erwan est blessé mais vivant. À partir de ce moment-là, je pleure de joie et puis, raisonnablement, je ferme ma gueule. Parce que dès que je sais qu'il est en vie, ce que j'ai pensé, toute seule, dans le silence de ma chambre et cet état de semi-sommeil qui rendrait obsédante n'importe quelle pauvre chanson de l'été n'a plus aucune importance – ce que je veux savoir, ce que la vie maintenue d'Erwan rend possible de savoir, c'est ce qu'il a pensé lui, pendant qu'il était le chat de Schrödinger, suspendu quelques heures entre la vie et la mort.

22

Statut Facebook – 28/11/2015

Voici deux semaines exactement, j'arrivais dans cet hôpital, exsangue, tétanisé, gelé, broyé par la douleur. Et je n'ai pas pu le faire discrètement, la faute à un statut FB dans lequel je me réjouissais d'aller voir EODM au Bataclan.

J'en sortirai (de l'hôpital) dans quelques heures pour entamer une convalescence en famille – a priori, je n'aurai pas de séquelles. Du coup, je ne peux pas le faire discrètement non plus (ni en santiags : personne ne les retrouve dans l'hôpital !), trop de gens se sont inquiétés, à cause de ce satané statut FB que je regrette tellement.

Entre ces deux moments, je n'ai pensé qu'à moi, encore plus que d'habitude. À guérir. À composer avec ma phobie des piqûres, de la prise de tension – plus généralement tout ce qui touche de près ou de loin à la médecine me met en panique, voire me fait tourner de l'œil. Oui, je sais, la langue française a un mot pour ça : chochotte.

Entre ces deux moments, surtout, j'ai été en contact avec le plus beau, le plus noble de l'humanité : la compassion, le dévouement, l'écoute, la générosité, l'échange, le partage, l'affection, la douceur, la tendresse.

De la part du personnel hospitalier, bouleversant au quotidien d'altruisme et de bienveillance, jusque dans le moindre de ses sourires.

De la part de mes proches, qui m'ont apporté tant de force et d'amour que c'en est indécent d'être si bien entouré.

De la part de vous, là, que je connais à peine ou pas du tout, que je croise de temps en temps, ou pas, ailleurs que sur FB ; vous, là, les amis virtuels qui m'avez envoyé de si touchants messages ou commentaires de soutien – je crains hélas de n'avoir pu répondre à tous individuellement, ne m'en veuillez pas.

Avec une pensée émue pour ceux qui n'ont pas eu ma chance, je voulais juste vous dire, pour de vrai, et désolé pour les allergiques à la guimauve :

MERCI.

23

Ici, c'est hors du monde.

Ici, c'est un nid, des odeurs familières, des meubles qui ont survécu à tous les déménagements, des habitudes, les pins parasols et la vue sur les collines, les oliviers, les fleurs à arroser quand tes parents ne sont pas là.

Ici, la cave de ton père et les petits plats de ta mère. Hélas, tu ne sais pas quelle saleté on t'a fait avaler pour ton bien à l'hôpital mais pendant quatre jours, une tenace dysgueusie te fera trouver vinaigre chaque gorgée et rata chaque bouchée. Sans compter que tu ne peux rester assis sur ton pourtant moelleux coussin-bouée plus de cinq minutes sans que s'éveille la douleur en ton fondement opéré.

Ici, on s'organise. Tu squattes la chambre parentale, au rez-de-chaussée. On aménage les connexions et le mobilier afin que tu puisses travailler à ton roman depuis le lit – tu as également des dossiers de subventions à finaliser pour le monument historique que tu restaures. On gère les infirmières (une visite par jour pour les piqûres et changer les pansements), le kiné, les coussins, le rehausseur de w.c. Le voyage en ambulance entre Créteil et le Gard a été pénible. Une halte chez toi dans le Poitou pour récupérer quelques affaires, vous tombez en plein marché de Noël, tu croises nombre de connaissances alors que, échevelé et boiteux, le teint encore souffreteux, tu aurais préféré plus de discrétion. La fin du trajet en particulier est terrible : tu as mal et ta plaie s'est infectée, ce qui répand dans l'ambulance une odeur pestilentielle que ne parviennent pas à masquer les sachets de lavande achetés dans une station-service. Sur le parking, tu fumes ta première cigarette depuis quinze jours et c'est bon.

Ici, c'est cocon et amour, tes parents cachent leur inquiétude et leur chagrin de voir leur fils aussi diminué. Tu ne veux pas qu'on te plaigne. Parce que tu n'es pas à plaindre. Ce n'est pas une posture, pas un discours, tu as vraiment conscience de ta chance. Chance d'avoir une compagne aimante, généreuse et prévenante. Chance d'avoir des parents incroyables, des amis bienveillants, une famille chaleureuse. Chance de bénéficier de la Sécurité sociale, d'une santé publique efficiente. Et tous ces petits gestes, cette solidarité, ces inconnus qui se mettent en quatre pour t'aider à la pharmacie, la CPAM de Poitiers, au laboratoire d'analyses médicales, à la MAIF. C'est quelque chose, la noblesse de l'humain, la solidarité, la fraternité, quand on les autorise à éclore.

Ici, tout est fait pour adoucir ta convalescence. Pourtant, les deux premières nuits, impossible de dormir. Pas à cause des douleurs (toujours vivaces), pas à cause d'images des évènements ou de souvenirs, juste une angoisse sourde, insidieuse, qui te noue le plexus à en crier de rage et d'impuissance chaque fois que tu éteins la lumière. Tu décides de prendre l'étau par les mâchoires : hypnothérapie. Tu fais défiler les sites et pages des spécialistes de la ville. Une photo t'arrête. Un regard plutôt. Une impression de bonté et d'altruisme. Ce sera elle, Marie-Christine. Tu apprendras plus tard qu'elle s'était inscrite dès le lendemain du 13 novembre sur une liste de praticiens prêts à aider bénévolement les victimes. Après une bonne heure et demie de séance, pour la moitié passée à bavarder, ce qui fait partie de la thérapie, tu as des connexions mentales assouplies, voire dérivées par l'état de conscience modifiée, ainsi que quelques outils à utiliser. Marie-Christine ne veut pas que tu la payes. Tu insistes, croyant savoir qu'il est indispensable au processus de guérison que cela te coûte.

Le soir même, tu t'endors facilement et ne te réveilles que le lendemain matin, à cause de la douleur physique – quand les nerfs repoussent et se raniment, ils tiennent à le faire savoir. Avec ta plaie infectée, aller à la selle est encore plus douloureux. Ton moral a tendance à épouser l'état de ton corps : délabré.

Et surtout, tu ne bandes pas.

En ces tout premiers jours de décembre, c'est ton obsession, ton angoisse majeure. Tu as toujours eu la gaule joyeuse et verticale, prompte à s'éveiller, vite opérationnelle. Et la sexualité vivace. Si tu ne bandes plus jamais... C'est *inimaginable.* Voir sous la douche ce pauvre pénis insensible et chétif, n'avoir plus aucune libido te panique. Tu sais qu'il te faut prendre ton mal en patience, que le trajet de la balle a causé des dégâts dans cette région (au hasard des compte-rendu hospitaliers, tu lis : traumatisme balistique avec plaie de l'artère honteuse et fistule artério-caverneuse, fracture de la branche ischio-pubienne droite, lésions cutanées en regard de la région fessière, saignement au niveau de la base de la verge, emphysème des parties molles du bassin et de la racine des cuisses, lésions délabrantes en regard de l'artère périnéale, bulle de gaz intra-vésicale et bulle de gaz longeant l'obturateur interne. Faux anévrisme avec saignement actif de l'artère pudendale). Toutefois ton inquiétude demeure réfractaire à tout discours logique. Tu es fait de tes expériences, de tes doutes, de tes ambitions, de ton terreau familial, social et de ta verge. Tu aspires à être reconnu tout à la fois comme un individu aimable, un écrivain respectable et un amant notable. Tu ne tires pas gloire de cet aveu, mais quand tu vois passer dans le regard d'une partenaire cet éclat de reconnaissance de la femelle pour le mâle qui la comble, tu en conçois vanité – même si ce n'est jamais ce que tu recherches dans une étreinte, préfères-tu penser. Devenir un homme qui ne bande plus serait, tu le pressens, un terrible apprentissage.

Non.

Non, impossible.

Tu questionnes Francesco dans des mails inquiets. Il ne sait pas, il est désolé, il faut avoir confiance, être patient. Les corrections de ton roman, dans lequel la sexualité occupe une place majeure, te ramènent sans cesse à ton infirmité. Tu t'en ouvres à ton kiné, à ton médecin, à tes infirmières, et même au fil de conversations Facebook. Tu accepterais, te dis-tu parfois, de rester un peu boiteux, de ne plus jamais porter que des chemises bicolores et des chaussettes blanches, de ne plus manger de chocolat en échange d'un retour de tes capacités érectiles.

Ne plus jamais bander ? Plutôt mourir ! te serais-tu exclamé avant. Maintenant, tu ne sais plus.

(Un « objet littéraire », hein ? Sacré farceur…)

24

Chlorhydrate d'hydroxyzine : traite les troubles mineurs de l'anxiété.

Chlorhydrate de tramadol : antalgique qui appartient à la classe des opiacés. « Il agit sur le système nerveux central et soulage la douleur en agissant sur les cellules nerveuses particulières de la moelle épinière et du cerveau.»

Chlorpromazine (le plus rigolo) : antipsychotique. « Il agit sur le cerveau. Il est utilisé pour traiter une maladie caractérisée par des symptômes tels que le fait d'entendre ou de voir des choses qui n'existent pas, d'avoir une suspicion inhabituelle, des croyances erronées, un discours et un comportement incohérents, et un retrait affectif et social. Les personnes qui présentent cette maladie peuvent également se sentir déprimées, coupables, anxieuses ou tendues. Peut provoquer des effets indésirables, mais ils ne surviennent pas systématiquement chez tout le monde : des sensations de vertige lorsque vous passez brusquement de la position couchée ou assise à la position debout ;

une sécheresse de la bouche, difficultés pour uriner, constipation voire un arrêt du transit (occlusion intestinale); des troubles de la vue dont des troubles touchant la capacité de vos yeux à s'adapter pour voir de près ou de loin (troubles de l'accommodation); une somnolence, une anxiété, des troubles de l'humeur ; des tremblements, une rigidité et/ou des mouvements anormaux ; une **impuissance,** une frigidité ; une prise de poids ; une absence de règles, une augmentation du volume des seins, un écoulement anormal de lait ; une modification du taux de sucre dans le sang ; une modification de la température du corps ; des caillots sanguins veineux, particulièrement au niveau des jambes (les symptômes incluent gonflement, douleur et rougeur au niveau des jambes), peuvent se déplacer via les vaisseaux sanguins jusqu'aux poumons et provoquer une douleur dans la poitrine et une difficulté à respirer. Si vous ressentez un de ces symptômes, consultez immédiatement un médecin.

Les effets suivants surviennent plus rarement : des troubles du rythme cœur (pouvant dans des cas exceptionnels mettre votre vie en danger); une allergie de la peau, une réaction exagérée de la peau lorsque vous vous exposez au soleil ou aux rayonnements ultraviolets ; une maladie du foie avec jaunissement de la peau et des yeux ; une fièvre, une forte transpiration, une pâleur, une rigidité des muscles du corps, des troubles de la conscience. Si ces signes apparaissent, vous devez arrêter immédiatement votre traitement et prévenir votre médecin ou les urgences médicales.

Les effets suivants surviennent exceptionnellement : une maladie inflammatoire touchant notamment la peau (lupus érythémateux systémique); une diminution importante du nombre de certains globules blancs dans le sang, pouvant entraîner des infections graves (agranulocytose); dépôts brunâtres dans l'œil qui n'affectent pas en général la vision ; **érection douloureuse et prolongée.**»

Tu te méfies des médicaments. Ou plutôt : ton corps s'en méfie. Molécules, chimie, tu as l'impression qu'on cherche par flemme à tout désherber au lieu d'arracher, sélectif, le chiendent et l'ivraie. Cette défiance instinctive t'a empêché de jamais gober un ecstasy ou prendre des drogues dites dures. Contre les maladies, tu fais confiance à ta volonté, précepte qui t'a valu une fois ou deux de traîner un rhume pendant des semaines : tu ordonnais à ton organisme de le chasser, en vain. Tu lui ordonnes des érections, en vain aussi.

Tu as des boîtes, des monceaux de boîtes de médicaments à côté de ton lit, mais tu ne prends rien. Au début. Car très vite tu dois revoir ta position de principe tellement tu douilles. Rester assis t'est insupportable, tu as mal debout, tu as mal allongé, tu as mal tout le temps. Les douleurs nerveuses te réveillent la nuit, à hurler et à bouffer l'oreiller. Alors tu essaies plusieurs analgésiques, repères celui qui semble le plus efficace et t'en tiens à lui. Ton médecin t'affirme qu'il faut *tous* les prendre, régulièrement et pas seulement quand la douleur apparaît. Tu n'en fais qu'à ta tête. Ton médecin te conseillera un mois plus tard de te sevrer en douceur de ton opiacé, compte tenu de sa puissance, de diminuer progressivement les doses sur plusieurs semaines ; tu arrêteras du jour au lendemain.

Tu lis, tu corriges les épreuves de *Marguerite*... Tu te retapes. Tu penses souvent : miraculé.

Le prodige survient dans la nuit du 22 au 23 décembre. L'après-midi, tu es allé voir une ostéopathe, tu te demandes encore aujourd'hui s'il y a une relation de cause à effet. Au milieu d'un rêve vaguement érotique, tu affleures à la conscience, cotonneux, dans une atmosphère d'excitation sexuelle. Ta main descend le long de ton ventre. Dans un sursaut, tu te réveilles tout à fait. Fébrile, tu tâtonnes vers l'interrupteur de ta lampe de chevet – tes yeux doivent te confirmer ce que tes doigts ont perçu : un semblant de raideur dans la verge. Enflement faiblard, piteux, impropre à la pénétration, tu as envie de brailler ton soulagement cependant, de prier Priape, tu te masturbes. C'est pénible, douloureux, flasque. Tu subis l'éjaculation la plus désagréable de ta vie, nerfs en épingles qui criblent ton flanc droit. Tu as mal partout autour de ton sexe et de tes testicules, mal dans le périnée, ça te lance, ça te tire, mais tu as rebandé. Mou, pas très longtemps mais tu as rebandé. Alléluia ! Au matin, tu envoies un SMS triomphant à Jeanne. Tu n'en parles pas à tes parents au petit déjeuner.

À partir de cette épiphanie, la convalescence prend tournure plus guillerette. Les exercices de rééducation chez le kiné te semblent plus aisés, tu insultes moins souvent ton pied récalcitrant, tu as le sentiment de te rapatrier avec ce corps qui n'en fait qu'à sa tête quand la tienne a perdu tout contrôle sur lui. Après tout, ta zone périnéale est-elle en plus mauvais état que celle d'une femme qui vient d'accoucher ? Pas de quoi pleurnicher et t'apitoyer sur ton sort.

Un soir, au mépris de tes habitudes, tu regardes un film à la télévision. *Largo Winch,* avec pour interprète principal Tomer Sisley. En souvenir de ce dîner avec ton amie Karen, durant lequel il vous avait rejoints. Il n'était alors qu'un comédien inconnu qui essayait de percer. Tu t'étais demandé s'il était humain d'être aussi beau et magnétique à la fois. Tu lui en avais voulu et n'avais fait aucun effort pour être d'agréable compagnie. Petit con. À l'écran, des personnages qui essaient de s'enfuir sont abattus dans le dos. Tu as l'impression de ressentir dans ta chair les impacts qui fauchent les fuyards. Tu te dis que même si tu rebandes, tout ne redeviendra pas comme avant.

Ce ne sera pas ton meilleur Noël, le plus émouvant à coup sûr. Pas assez rétabli pour voyager, tu dois renoncer à aller passer le réveillon du Nouvel An à Lyon, où sont réunis nombre de tes vieux potes. Tu fais quand même un effort vestimentaire pour le dîner de fête préparé par ton père et ta mère. Ils ont l'empathie à fleur de paupières quand, au bout d'une vingtaine de minutes, en larmes, démoralisé, tu vas enfiler ton jogging : porter un pantalon normal te fait trop souffrir. À ton retour à table, ton père propose d'aller se mettre en pyjama pour un réveillon à la coule ; ta mère estime que l'association du jogging et de la chemise blanche devrait faire florès. Tu mesures ta chance d'avoir des parents aussi formidables – tout part de là, non ?

Vu du dehors – XII

Lundi 16 novembre 2015, 20 heures 58, SMS à Erwan.

Rentrée à la maison sans boxe. Pas envie de donner des coups. Pas envie d'en recevoir. Pas envie de raconter encore. Pas envie d'être plainte. Ni câlinée par d'autres que toi, Paule et la famille. Juste un peu de calme et de silence autour de nous, en besoin urgent. Pas de radio. De l'amour en filaments dans les airs, ta peau chaude, ton sourire et ton impatience bel amour, ce beau visage vivant. Mon homme du poteau – du 18e et du poteau protecteur dans une putain de salle de concert. Mon homme du poteau. Mon amoureux, mon Jules, comme j'ai eu peur, comme je suis heureuse.

*

* *

Entre 22 heures et 4 heures du matin, en attendant des nouvelles d'Erwan, des milliers de pensées m'ont – naturellement – assaillie.

Celles qui devaient être partagées l'ont été avec Bertrand. Les espoirs et les terreurs. La seule qui n'ait pas franchi ma bouche est celle qui aurait pu devenir la scène de « la dernière fois », « les derniers mots ». Elle m'a grignotée toute la nuit.

Nous avions passé le vendredi après-midi chez moi. Nous travaillions chacun dans une pièce. Je devais partir à 19 heures pour l'entraînement de boxe, Erwan un peu après pour son concert : nous avions tout l'après-midi pour choisir le moment où nous allions nous sauter dessus. Nous offrir un moment à poil, l'un dans l'autre, un luxe d'après-midi. Et ce moment ne s'est pas présenté, nous n'avons pas pris le temps, je ne l'ai pas recherché, ou pas au moment où Erwan le recherchait, ça ne s'explique pas. Ça ne semblait pas grave. Nous passions le week-end ensemble de toute façon, on se rattraperait.

Je finis de préparer mon sac, nous parlons de l'après-concert (« On se retrouve pour dîner ? Avec les copains ? » « Non, j'y vais seul, Jeanne. Ils ont tous décliné. Ils ont un dîner tous ensemble. Je rentre juste ici, après.» et « Tu y vas assez tôt, pour être bien placé ? » « Pas besoin, je suis grand, je vois bien même loin de la scène. Je préfère être au fond de la fosse, près de la régie. J'arriverai pendant la première partie, pas besoin de venir trop tôt.»). À vue de nez, la fin de mon entraînement et la fin du concert coïncident. On se retrouve tout à l'heure, à la maison.

Il est temps pour moi de rejoindre la salle. Je suis dans le couloir et m'apprête à sortir :

— Jeaaanne ! On n'a pas baisé !

Je ne me retourne pas. Je continue d'avancer vers la porte.

— Après la boxe, Jules, après la boxe !

« Après la boxe, Jules, après la boxe »

« Après la boxe, Jules, après la boxe »

« Après la boxe, Jules, après la boxe »

« Après la boxe, Jules, après la boxe ».

On aurait dû faire l'amour avant la boxe, putain de bordel de merde...

*
* *

Les amis et connaissances, la famille d'Erwan, la mienne ont prononcé me concernant les mots force, organisation, sang-froid et autres propos laudatifs pour les circonstances. Ma froideur m'a fait peur, me fait encore peur *a posteriori,* et sans m'en vouloir à outrance, je sais avoir eu des pensées moyennement héroïques. Je ne m'en veux pas, ça s'appelle le choc, les échappatoires, les mécanismes de protection. Mais j'ai un remords, un vrai.

Le lendemain. Samedi matin, il est peut-être 11 heures. J'arrive à avoir Erwan au téléphone. C'est la première fois que je l'entends depuis son départ pour le concert. J'ai encore dans la tête notre envie de faire l'amour « après la boxe ». Je ne sais pas quels premiers mots nous échangeons. Je lui demande de me parler de ses blessures. Erwan ne me dit qu'une phrase :

— Je ne sais pas si je rebanderai un jour.

Et je pouffe de rire : « Arrête, ce n'est pas drôle ! »

— Non non, Jeanne, c'est sérieux. Je ne sais pas si je rebanderai un jour.

Je reste muette de honte d'avoir ricané. J'arrive peut-être à expirer un « Ah. OK.»

Mais quelle conne ! Mais quelle conne ! Ton amour-sorti-vivant-du-Bataclan te parle, se confie, tu ne sais pas, tu n'as aucune idée de ce qu'il souffre, endure, pense, comment vont son corps et sa tête – et toi, tu fais quoi ? Tu penses qu'il fait le mariolle. Et tu ne sais même pas corriger immédiatement ton faux pas en demandant « pardon... Un « Ah. OK » tout pourri. Nulle Jeanne.

Il me demande d'apporter son manuscrit. Et un stylo rouge.

Je ne sais pas comment se termine l'appel. Je me sens piteuse. Indigne. Lamentable.

Je me prépare à filer le retrouver enfin à Créteil avec Bertrand et Charlotte. Je pense à toutes les formes que pourraient prendre mes plus plates excuses, je ne pense qu'à ça pendant deux heures. Je formule mille phrases, des plus subtiles aux plus simples, pour lui dire à quel point je me sens minable.

Mais à l'hosto, retrouver Erwan vivant, et conscient, balaie toute autre considération. Et même si je pense à mon impair, je n'arrive pas à lui demander pardon. Et je m'en veux. Et chaque jour, ensuite, j'irai à l'hosto en me jurant de lui demander pardon aujourd'hui. Et je ne le ferai pas. Et je ne me l'explique pas.

Alors la bandaison de mon amoureux, c'est forcément plus que le masculin, la virilité, le plaisir le sexe l'intimité les orgasmes le plaisir du plaisir de l'autre. C'est encore plus que notre dernier échange avant le concert et notre impatience à nous retrouver. L'évolution de l'érection d'Erwan, depuis le premier matin du premier jour d'hosto, comme un contrat entre ma honte et moi : « S'il rebande comme avant, je serai pardonnée.»

*

* *

Ma télé était en panne, le 13 novembre. Je n'ai vu aucune image en direct. Et très peu après. Quasiment aucune. Mon univers de la terreur s'est limité à Erwan au Bataclan.

Les terrasses, Jeanne, n'oublie pas les terrasses.

J'oublie les terrasses parce que je ne vois pas bien où ça s'est passé et que je n'ai vu aucune image. Je ne connaissais aucun bar attaqué et aucune victime.

N'oublie pas le Stade de France. Mais j'oublie les terrasses et le Stade de France.

Parce qu'il n'y a que le Bataclan qui compte. Parce qu'Erwan est sorti vivant du Bataclan. Seul existe Erwan-sorti-vivant-du-Bataclan. Et après Erwan-sorti-vivant-du-Bataclan, je m'en fous de savoir si mon boulot a un sens et si je fais ma part du colibri citoyen de la République une et indivisible.

Il y a eu tellement de morts que je n'arrive pas à dire Erwan était au Bataclan. Il faut que je dise en entier Erwan est sorti vivant du Bataclan. Comme une formule magique.

La seule fois où j'ai dit – à un voisin – « Mon amoureux était au Bataclan », il s'est exclamé : « Oh, Jeanne ! Toutes mes condoléances ! » Non, non, non, Erwan en est sorti vivant ! À la réaction du voisin, j'ai cru une fraction de seconde que j'avais rêvé la main chaude d'Erwan dans ma main à l'hôpital, et que je sortais brusquement d'un déni de deuil.

25

Il était une fois un homme qui n'avait jamais rien vécu de traumatisant ; qui n'avait jamais souffert. Jamais *vraiment* souffert – il n'est pas ici question de blessures narcissiques ou des déceptions du quotidien. Les êtres se tissent de leurs disparus et de leurs fantômes, crissent d'enfants morts ou qui ne viennent pas, bruissent de métastases et de tôles enfoncées – alcool ou refus de priorité. Pas cet homme, appelons-le l'Écrivain. Dans ses romans, il se piquait pourtant de questionner le monde, pas besoin pour ça selon lui d'y avoir subi bourrèlements ou violences. Il soutenait qu'il pouvait fort bien envoyer un personnage visiter le Pérou sans y avoir lui-même mis les pieds, ou faire mourir de chagrin une prolétaire homosexuelle orpheline soudain, lui qui, petit-bourgeois hétérosexuel, n'oublie jamais le SMS de la Fête des pères et le bouquin pour l'anniversaire de maman. Il poussait même l'impudence jusqu'à enfanter des tueurs à gages, des factieux et des terroristes sans en avoir rencontré.

Lachésis, sans doute pas très d'accord avec cette opinion, décida donc de le mettre à l'épreuve. Un vendredi 13, elle l'envoya au milieu du Chaos – soit selon Hésiode, la béance originelle qui précède la création du monde et celle des dieux. Lachésis prit bien soin de l'y envoyer seul : tous ceux qui auraient dû ou pu l'accompagner ce soir-là en furent empêchés par des artifices dont elle a le secret. Ainsi, ses amis étourdis n'achetèrent pas leur place à temps, prirent d'autres engagements, faillirent au dernier moment venir quand même puis renoncèrent ; sa compagne, qui assistait habituellement aux concerts avec lui, hésita et préféra aller à son entraînement de savate ; deux amies qui avaient pensé le rejoindre, surprise ! ne mirent pas leur plan à exécution. Chacun pensera avoir agi en toute conscience et en toute liberté. « Quelle chance ! » s'exclame-t-on ici. « C'est un miracle ! » renchérit-on là-bas. Lachésis et ses sœurs se marrent.

Une épreuve, pas une punition. L'Écrivain devait être blessé, mais point trop : pas d'organes vitaux touchés, pas de coup de grâce. Lachésis le place devant un pilier, pour le protéger de la mitraille initiale, puis trace la trajectoire de la balle : quelques centimètres plus bas et les organes génitaux étaient en bouillie, quelques centimètres plus haut et la colonne vertébrale était fracassée, quelques centimètres plus à droite et la fémorale sectionnée le conduisait à une mort rapide par hémorragie. Lachésis le place devant un pilier, trace la trajectoire de la balle (blessé mais point trop), relève l'arme du tireur et la braque dans une autre direction – on est une des Moires ou on ne l'est pas.

Quelle était la probabilité pour que l'Écrivain, qui n'habite pas à Paris, assiste à ce concert ? Combien des 1 500 spectateurs ont été atteints par au moins une balle ? Parmi les spectateurs blessés, combien n'auront aucune séquelle physique ou presque ? Une épreuve, pas une punition. On peut reconnaître à Lachésis un certain savoir-faire, non ?

À quelques centimètres près... On est toujours à quelques centimètres près, n'est-ce pas ? Ou secondes, c'est pareil. Appelez cela l'ironie du sort si ça vous arrange. Lachésis et ses sœurs se marrent. Elles ont de l'humour, jugez plutôt : notre homme a été touché aux fesses alors que quelques jours plus tôt, son éditeur et lui ont choisi pour titre de son prochain roman *Marguerite n'aime pas ses fesses*.

Appelez cela hasard si vous préférez.

Les termes ne manquent pas, issus de toutes cultures, pour définir celles et ceux que le rationalisme occidental triomphant regarde avec au mieux circonspection, au pire condescendance ou mépris : médiums, devins, voyants, oracles, sorciers, auspices, shamans... Est-il concevable que certaines personnes perçoivent au-delà de leurs cinq sens et aient accès, plus ou moins consciemment, avec plus ou moins de clarté, à ce qui pour la majorité reste celé ? N'est-il pas possible, si l'on veut vraiment tout mettre en équation, de relier certains de ces phénomènes aux théories de la relativité ?

À plus de 9 000 km et sept fuseaux horaires du Bataclan, la famille de l'Écrivain attend des nouvelles, entre angoisse et désespoir. Sauf son père, qui reste calme et serein. « Je savais que tu étais vivant, lui déclarera-t-il plus tard. Je le sentais au fond de moi.»

Quelques mois après l'Épreuve, notre homme revoit Marie, une femme lumineuse qu'il n'a croisée que l'espace d'une soirée, deux ans auparavant, mais avec laquelle de jolis liens s'étaient immédiatement tissés.

— Mon Dieu ! s'écrie-t-elle. Mais ton aura... C'est dingue !

Si l'Écrivain n'ignore pas ce qu'est une aura, il ne savait pas en posséder une (bleue), encore moins une susceptible de faire s'exclamer ainsi quelqu'un (médium ?) en public. Il paraît qu'elle était déjà là deux ans avant ; il paraît qu'elle s'est agrandie, intensifiée, qu'elle irradie beaucoup. Et que l'Épreuve ne serait pas étrangère à cette transformation positive.

Bon...

Hasard, ironie du sort, ou Lachésis qui a fait son boulot, les praticiens doivent aussi faire le leur pour remettre l'Écrivain sur pied, selon des méthodes ne devant rien à la magie ni à la sorcellerie mais à la Science, fille de Raison. Kinésithérapeute, le gouailleur Rémi prend soin de notre non-héros pendant la première partie de sa convalescence. Exercices, massages, manipulations, il s'agit que nerfs, muscles, tendons redeviennent fonctionnels. La médecine nous apprend comment s'articule tout cela, les mêmes causes produisent les mêmes effets, qu'il est loin le temps des saignées amiables et des clystères dulcifiants !

Nous sommes au début du mois de décembre, une séance comme les autres, Rémi masse le mollet de la jambe droite. Soudain, une décharge électrique traverse la jambe de l'Écrivain jusqu'au périnée. Tout son corps crépite et s'engourdit, chair de poule, son souffle se bloque, dans sa poitrine une boule se forme et se dégorge en profusion de larmes et hoquets. Rémi continue son massage. Les sanglots libérateurs ne se calmeront qu'après dix bonnes minutes. L'Écrivain se dit que des tensions s'évacuent, tout n'est pas niché dans le cerveau, ou plutôt tout est lié – on ne va pas réinventer ici l'eau tiède.

De retour chez lui quelques semaines plus tard, il poursuit sa convalescence entre les mains de Justine. Un matin, alors que la jeune kiné lui masse le mollet, la même scène se répète : frissons, engourdissement, larmes. Justine est secouée. Elle conseille à l'Écrivain de consulter Anne-Cécile, une ostéopathe qui ne dédaigne pas travailler sur les énergies du corps humain. Curieux de différentes pratiques, de différentes manipulations, de différents regards, notre homme prend rendez-vous. Il parle à Anne-Cécile de ces deux réactions émotionnelles à trois mois d'écart suite aux manœuvres de deux kinés différents. Elle fronce les sourcils. « Ne m'avez-vous pas dit que quelqu'un était accroché à votre mollet pendant des heures, au Bataclan ? » Les énergies de la personne blessée qui serrait désespérément la jambe de l'Écrivain seraient restées gravées dans sa chair ? Le corps aurait une mémoire, qui emmagasinerait elle aussi les traumas ?

Allons bon…

Nouvelle visite à Anne-Cécile, trois mois plus tard. Avant de commencer la séance, elle questionne l'Écrivain sur son état physique. Toujours des insensibilités au niveau du pied droit, cheville droite encore raide, insensibilités aussi dans la zone périnéale, impression que la fesse gauche est étrangère au reste du corps, comme morte, un gros pudding mou. La praticienne appose depuis plusieurs minutes les mains sur la cheville de son patient, allongé sur le dos, quand elle finit par soupirer :

— Je n'y arrive pas. Elle refuse de me laisser entrer.

— Ma cheville ?

— Votre cheville. Votre pied. Les accès sont bloqués.

Allons bon…

Elle secoue la tête puis reprend, comme si elle avait eu une illumination :

— Est-ce que vous voulez bien qu'on essaie quelque chose ?

— D'accord.

— Mettez-vous dans la position dans laquelle vous étiez quand la balle est entrée.

— En chien de fusil ?

— Oui.

Elle place alors une main sur la cheville droite et une sur la fesse gauche de l'Écrivain.

Qui commence à haleter, à frémir. Les doigts posés sur la cicatrice d'entrée du projectile lui brûlent la peau ; la brûlure s'enfonce dans la chair. Il vibre de l'intérieur tandis que dévalent de longs sanglots. Sa fesse gauche n'est que lave incandescente. De longues minutes durant, il trépide, il pleure, il se consume.Puis tout se calme. S'apaise. Il a l'impression physique d'avoir retrouvé une fesse normale. Anne-Cécile semble aussi troublée que lui. Elle bafouille un peu en lui expliquant que…

— ... votre corps n'avait pas compris que la balle était ressortie. Alors je l'ai retirée. Enfin… je n'ai pas terminé, je finirai lors de la prochaine séance.

Alors, amis cartésiens, une explication rationnelle ?

Au début de la séance de kiné suivante, Justine n'en reviendra pas :

— Votre fesse ! Elle a changé, c'est incroyable ! Il n'y a plus cette zone bleu-jaune autour de la cicatrice. Et sous la main, ce n'est plus du tout la même consistance. Les tissus sont moins mous. On sent les muscles.

Une explication rationnelle, c'est certain, hein ?

— On va voir comment votre corps réagit autour de la cicatrice laissée par la sortie de la balle, propose Anne-Cécile, toujours aussi avenante..

Très bien. Le meilleur moyen pour qu'il ne se passe rien est d'attendre quelque chose. Donc l'Écrivain essaie de rester circonspect. Très vite pourtant, son corps se tend, se cabre, tressaute. Se crispe. Se replie en position fœtale. Il ne pleure pas cette fois mais pousse des gémissements, des plaintes, des soupirs. Il a l'impression d'être en pleine séance d'exorcisme. Il se retourne sur la table, se tasse, se déplie. Incontrôlable. Conscient cependant. De son visage convulsé. De son corps électrique. Comme si des forces étrangères à sa volonté avaient pris les commandes de ses muscles. Spasmes, il s'arc-boute, retombe sur la table de massage. Cela se calme parfois, puis la danse de Saint-Guy repart de plus belle. Pour finalement laisser notre homme épuisé. Des énergies qui s'harmonisent, se libèrent, s'accordent.

— On est remontés bien plus loin que le Bataclan, lâche Anne-Cécile.

Même cirque lors de la séance d'après, autour du périnée cette fois, sur lequel l'Écrivain appuie deux doigts, puis la paume, puis les poings, avant de saisir ses testicules et son sexe à pleines mains, il les malaxe, cabré, brasillant, obscène presque, pulsions indomptables, cela dure ainsi vingt minutes, quarante peut-être, vous avez pris le contrôle lui dira Anne-Cécile, lui a l'impression une fois encore d'avoir subi, mais résultat : retour d'un semblant de sensibilité, d'une partie bannie dans le giron du tout.

Qui peut croire qu'un corps accumule de l'énergie d'un autre corps et la restitue en larmes ? Qui peut croire que des chairs sont persuadées qu'une balle les habite encore quand elle n'a fait que les traverser dix mois auparavant ? Qui peut croire que trois sœurs immortelles, appelées Moires dans la mythologie grecque et Parques dans la romaine, dévident, tissent et coupent les fils de nos existences ? Et si l'Écrivain a été mis à l'épreuve, allez, admettons, ne soyons pas bornés, disons par le destin, alors pourquoi ? Dans quel but ?

Tu n'en sais rien. Toute foi est un choix. Il n'est pas exclu cependant que la fin de cette histoire nous apporte une réponse (objet littéraire et *cliffhanger* ne sont pas incompa-tibles).

Vu du dehors – XIII

Comment pouvoir être à ce point pénétré de cette imbécile croyance que rien jamais rien ne pourrait lui arriver tant que moi, son père, je serais de ce monde ? Comment vivre ainsi avec cette, et bien d'autres aussi, croyance qui en fait n'est que le fruit d'une imagination bien arrangeante puisqu'elle établit un bouclier protecteur. Un écran de fumée qui masque, qui trompe et maintient en définitive chacun dans son rôle.

Tu as toujours été dans ma vie sans que tu t'en rendes compte, victime autant que moi de cette espèce de hiérarchie qui s'est insidieusement installée puis imposée. Bizarre, non ? Car pourquoi vouloir tout d'abord inverser les rôles, puis douter que toi, mon fils, tu ne puisses mener à son terme ton prometteur destin. Nous avons chacun un bout de chemin à parcourir ; le tien, quoique déjà riche de belles expériences, ne fait que commencer et de grandes destinées te sont promises, alors que je suis, soyons réaliste, plus très loin de déposer le bilan !

Erwan passera à travers les inévitables barrages la tête haute et rien ne le maintiendra à terre, c'est gravé dans le marbre. C'est ainsi que j'étais câblé, mais surtout c'est ainsi que j'ai vécu le début de ton, de notre calvaire.

Pourquoi cette belle assurance ? Se poser la question peut paraître totalement déplacé par rapport à ce que tu as vécu, mais la poser, et surtout y apporter ma réponse, est comme expliquer mon vécu de ce 14 novembre au matin, quand à Hanoï j'ai appris que tu pouvais être au nombre des victimes. C'est aussi comme une thérapie sans doute, tant j'ai la terrible sensation d'avoir été en total déphasage face au désarroi de ton frère, de Hien, son épouse, et de ta maman. Nous n'avons pas eu pendant de trop longues heures d'informations, mais je n'ai jamais douté, tout ça parce qu'une tireuse de cartes m'a, il y a fort longtemps dans une arrière-cuisine ténébreuse, comme si elle connaissait de longue date ma vie, dit qu'il ne fallait pas que je me fasse de soucis : Tes fils sont entre de bonnes mains, ils réussiront. Même que l'aîné sera célèbre ! a-t-elle ajouté. Donc la célébrité n'étant pas encore au rendez-vous, j'en ai connement déduit, c'est mon analyse, que tu ne pouvais en ce 14 novembre être qu'en vie. Il se trouve que tu as eu beaucoup de chance, ce n'était pas ton heure, c'est ce que j'ai réalisé le 16 en te voyant sur ton lit d'hôpital. Là, le choc fut brutal.

Depuis ce jour, bien des fractures sapent les fondations de mon être intérieur et de trop nombreuses incertitudes taraudent insidieusement les bases de cette construction que je bâtis depuis des années.

Le mal est-il une réalité endémique de l'homme ? Quel mécanisme déclenche ainsi de telles vagues de violence ? Sommes-nous contraints de devoir accepter ces agressions sans devoir les expliquer autrement que par le droit à la différence, le droit de contre-attaquer, le droit de devoir année après année subir la restriction de nos libertés si durement conquises ? Sommes-nous tous issus du même atome, avons-nous tous la même origine adamique, que certains dénommeront « enfants de Dieu », pour voir nos propres frères et sœurs s'entretuer et continuer de survivre sans tenter de comprendre ce qui ne tourne pas rond ?

Devant l'absurdité du discours ambiant, condescendant vis-à-vis des victimes et de leurs proches, tout en voulant par-dessus tout m'extraire des réactions extrêmes pour ne pas tomber dans des cycles sans fin de haine et de désirs de revanche, j'ai commencé il est vrai de douter, c'est-à-dire de me demander d'où l'on venait réellement et où on allait, face à ces scènes de barbarie quasi quotidiennes.

La réponse qu'à ce jour j'ai trouvée à ce questionnement, et il n'y a pas beaucoup de place au hasard, m'est apparue en lisant une étude sur le thème des Quatre cavaliers de l'Apocalypse. Étrangement, ce qui lors de mon adolescence me semblait complètement absurde a soudain pris un nouvel éclairage.

Apocalypse est un mot qui est souvent usité pour définir le caractère excessif d'une catastrophe, d'un malheur ; il est en fait synonyme de « fin du monde ».

L'Apocalypse de Jean, fin du monde donc, clôt le *Nouveau Testament* et est à rapprocher de la Genèse, qui au début de l'*Ancien Testament* décrit la création du monde. Apocalypse vient du grec dit tardif *apokalupsis,* dont la traduction est « révélation, dévoilement » et du verbe *apokaluptein* dont le sens est « traduire, révéler ».

Il y a indubitablement un cycle qui, d'une manière ésotérique et on ne peut plus symbolique, nous décrit l'histoire de notre Terre, donc de notre quotidien. Comment décoder ces écrits qui font partie des textes sacrés qui depuis des millénaires sont source de méditation et de questionnements ? Et surtout comment ne pas voir dans le contexte actuel comme un signal d'alarme ?

Ces quatre cavaliers, dont le nombre nous ramène aux quatre points cardinaux, montent des chevaux de couleur blanche pour le premier, rouge feu pour le second, noir pour le troisième et blême pour le quatrième. Il est dit, et j'en aurai fini avec cette référence, que : « Pouvoir leur fut donné sur le quart de la Terre pour faire périr par l'épée, la famine, la mort, et les fauves de la terre ».

J'espère que tout cela n'est qu'un cauchemar de plus et que demain je vais me réveiller sous des cieux cléments en me disant, Erwan, que nous avons encore bien des choses à nous dire et de bons moments à partager.

26

Tu rentres chez toi mi-janvier 2016. Sur tes deux jambes. Tu fais une halte à Paris, organises avec Jeanne un apéro dans un bar pour revoir les amis, vient qui veut, pas d'obligation ni de RSVP. Comme si tous avaient eu besoin d'un tel moment, retrouvailles et joyeuse communion, conjuration des peurs, le bar devient vite trop petit. On s'embrasse, on pleure, on se rencontre, on se réconcilie même – qu'elles semblent soudain futiles, les vieilles bisbilles ! Tu sais que leur amour a fait dévier la balle au moins autant que le dessein de Lachésis ; peut-être d'ailleurs sont-ils liés…

Tu rentres chez toi obsédé plus que jamais par le devenir de tes érections – courtes et souffreteuses. Tu t'es fait couper les cheveux, que tu n'as pas eus aussi courts depuis au moins dix ans. Tu es impatient que *Marguerite…* sorte en librairie.

Tu rentres chez toi paraît-il amaigri, pas bien vaillant c'est certain, toujours obligé de t'asseoir sur un coussin-bouée, des élancements électriques dans le pied, trois séances de kiné par semaine. La sensibilité n'est pas complètement revenue dans ta jambe droite, les muscles sont atrophiés, ta cheville un peu bloquée te fait la démarche un brin hésitante. Et tu bandes mou, nom d'une pipe ! Dites-moi que ça va revenir, je vous en prie, je vous en supplie, dites-moi que mon sexe ne va pas garder cette forme bizarre, un peu cabossée, tordue, étrangement rouge, ne va pas rester aussi froid, comme des extrémités en hiver, froid comme si la vie l'avait quitté, froid comme une condamnation à perpétuité.

Tu rentres chez toi et le maire du village te croise dans la rue un matin, te serre longuement la main en prenant de tes nouvelles. Tu as appris que le jour de la commémoration nationale, il avait parlé de toi dans son discours. Depuis deux ans, tu restaures un monument historique à trois cents mètres de la mairie. Quand tu as demandé à bénéficier de la subvention municipale pour la rénovation des façades, on ne t'a répondu – négativement – qu'au bout de trois relances de ta part. Quand tu as proposé au conseil municipal de venir visiter les lieux, on t'a ignoré la première fois, puis on t'a posé un lapin la seconde. Quand tu as ouvert les portes du monument à l'occasion des Journées européennes du patrimoine, le maire ne s'est pas déplacé. Un romancier qui réhabilite un bâtiment du XVe siècle, il s'en moque ; un rescapé du Bataclan citoyen de sa commune, voilà par contre qui le fait bicher. Au café et au marché, les regards sont soutenus et bienveillants, la pudeur enrobe les bonjours.

Tu es rentré chez toi et le monde continue son défilement vertical, un statut chasse l'autre à l'écran, la terreur frappe Bruxelles, une partie de l'Europe est inondée, Orlando en deuil, l'Euro de foot s'étale en unes. L'étonnement a remplacé l'effroi. « Ah bon, vous étiez au Bataclan ? » Tu es exotique et non plus pitoyable. Azzaro a créé un parfum au flacon en forme de barillet, « élégant et audacieux » selon leur publicité, « le parfum d'un homme pour qui tout est possible, un héros magnétique et frondeur qui parie sa chance, que les hommes envient et que les femmes désirent.» Devant toi, on surveille son langage, on fait *Oups !* et on est désolé quand on croit gaffer en employant des expressions comme « ça me troue le cul », « c'est de la bombe » ou « ça me flingue ». Détendez-vous, les amis, je suis vivant et je ne suis pas en sucre. On prend des gants pour aborder le sujet, on n'ose pas, on tourne autour du pot, du bout des lèvres, alors qu'en parler ne te gêne pas. D'autres s'interdisent d'évoquer leurs malheurs ou leurs coups durs, ou simplement leur mal-être. « Par rapport à ce que tu as vécu, c'est rien.» Tu balaies la hiérarchisation des douleurs d'un revers de la main – laisse-moi t'aimer, d'accord ?

Le monde continue son défilement vertical, les scrupules étouffent toujours aussi peu, il faut bien vivre :

— Allô, oui, bonsoir... hum... je suis X, rédacteur en chef de [grand média local], je vous appelle parce que... heu... bon... je sais que vous avez été blessé au Bataclan le 13 novembre... et heu... vous avez refusé de nous en parler... mais heu... je me demandais... est-ce que vous accepteriez de... enfin... de... hum... d'évoquer... les attentats de Bruxelles ?
— Le 14 avril, mon cinquième roman sera en librairie : de cela, je veux bien vous parler.
— Ah... heu... Bon, tant pis. Merci, au revoir.

Le monde défile insoucieux de ta honte. Honte de tes jambes étiques et de tes fesses informes, honte de ton sexe trop laxe. Ta nudité est humiliante. Tu la montres, pourtant. Par défi ? Parce qu'il n'est pas question de perdre cette bataille ? Parce qu'il faudra bien t'accepter imparfait, si jamais tout restait en aussi piteux état ? La sexualité des premiers mois t'est torture, bien plus mentale que physique – accepter que tu puisses à peine pénétrer, que le désir n'érige pas ; accepter l'anérotisme de tes chairs molles et blafardes. L'ego à l'épreuve de la déchéance.

Tu es rentré chez toi, le monde défile en vertical, tu bandes à peine horizontal. Tu consultes ton généraliste pour faire un point sur la cicatrisation de ton sillon interfessier et évoquer avec lui tes angoisses sexuelles.
— J'ai une jeune interne au cabinet en ce moment, monsieur Larher, ça ne vous dérange pas qu'elle assiste au rendez-vous ?

Il semble qu'une jolie fille doive être témoin de chaque situation gênante de ton existence (merci Lachésis ?), tu acceptes et, plus fort que la honte, te désapes devant ton beau gosse de médecin et la gamine. Celui-là décrit à celle-ci ce qui s'est passé entre tes miches, qu'il écarte pour bien montrer le travail réparateur de Francesco, de la belle ouvrage, tu contiens un rire nerveux. Tout est rentré dans l'ordre selon le praticien, qui te demande si tu as toi aussi remarqué l'amélioration.

— Je ne regarde jamais.

— Vous ne regardez pas ? s'étonne Beau Gosse. Vous touchez ?

Tu t'interroges à voix haute : combien de gens s'étudient quotidiennement le fondement ? Cela ne t'est jamais venu à l'esprit. La jeune interne pouffe. Beau Gosse t'encourage à toucher et masser tes cicatrices – « il faut les accepter, les apprivoiser.» Tu y répugnes (chochotte), conscient toutefois qu'il a raison. Tu commences donc à leur parler sous la douche. « Vous faites partie du projet, les filles », leur répètes-tu chaque jour. Projet de te reconstruire, projet de recouvrer une intégrité physique, projet de rebander dur, *Projet B*.

Beau Gosse t'a autorisé à fréquenter la salle de cardio-fitness voisine. Tu fais du gainage et des pompes, tu sues sur vélo et rameur, tu réinvestis ton corps à 170 pulsations/minute. Justine perçoit du changement sous ses doigts réparateurs. Elle affirme que tu reprends du muscle. Tu es moins « défiguré du cul », comme il t'amusait parfois de plaisanter.

Tu t'interroges à voix haute : combien de gens s'étudient quotidiennement le fondement ? Cela ne t'est jamais venu à l'esprit. La jeune interne pouffe. Beau Gosse t'encourage à toucher et masser tes cicatrices – « il faut les accepter, les apprivoiser. » Tu y répugnes (chochotte), conscient toutefois qu'il a raison. Tu commences donc à leur parler sous la douche. « Vous faites partie du projet, les filles », leur répètes-tu chaque jour. Projet de te reconstruire, projet de recouvrer une intégrité physique, projet de rebander dur, Projet B.

Beau Gosse t'a autorisé à fréquenter la salle de cardio-fitness voisine. Tu fais du gainage et des pompes, tu sues sur vélo et rameur, tu réinvestis ton corps à 170 pulsations/minute. Justine perçoit du changement sous ses doigts réparateurs. Elle affirme que tu reprends du muscle. Tu es moins « défiguré du cul », comme il t'amusait parfois de plaisanter.

27

Caméra subjective. En plan serré, petite focale, plongée sur grève de peau grenelée – la tienne. Concavité de ton ventre. Avant l'intersection de deux bancs de sable blanchâtres délimitant delta en un bokeh admirable, une mince langue horizontale de varech noir, sur laquelle est échoué tête en haut un petit phoque rose. Mort ? Non, il frémit. Le cadre s'élargit en perspective. Du mouvement en arrière-plan : paquet d'algues auburn formant chevelure en ressac dans le delta. Bruits humides, gourmands – succions et soupirs ravis. Les larmes s'invitent presque devant tant de fracassante splendeur, le cerveau grésille et frétille, au contraire de la presque dépouille agonisante du petit phoque que tu voudrais voir se redresser, prendre de l'assurance, quelle connerie cette analogie, anguille serait peut-être plus judicieux, civelle espèce de frimeur, mais une anguille ou une civelle qui s'échouerait sur le varech taillé de ton pubis ?....

Tiens, une petite pointe carmin apparaît remontant des bas-fonds, commence à laper, l'appétence vire gloutonnerie, deux yeux ont émergé au ras du clapotis, cherchent ton regard, provocants. « Laisse-toi faire, disent-ils. Je m'occupe de toi. » Exquis tableau. Parce que le réel abouche le fantasme ? Mais le fantasme, où prend-il source ? De la puissance érotique d'expériences cristallisées en perles de souvenirs ? Ou n'est-il qu'une construction mentale, une abstraction ? Et cet exquis tableau, le serait-il autant quelle qu'en soit l'héroïne ? Mieux vaut ne pas se poser la question, zoom sur la tête vorace ventousée à l'intersection du V inversé de tes jambes amaigries, comment décrire la scène en mots jolis ? Tu voudrais de la poésie, du lyrisme tellement c'est beau, des mots autrement sublimes que ceux à ta disposition, qui, tu parles d'un festin, riment en frites et en nouilles. Tu voudrais un cantique sans vulgaire ni graveleux, des stances à la gloire de la bouche goulue dont la salive sacrée t'enlumine les précieuses.

Elle les quitte pour explorer, après avoir du bout de la langue pris la petite sente de douanier, le sombre aven. Les doigts enserrent la raideur qui ne vient pas, la raideur espérée, le divin spectacle mérite bien encouragement affirme ton cerveau, qui s'est mis en branle, comme les doigts de l'héroïne, tu veux durcir plus, allez, bande, merde ! La honte pointe le bout morveux de son nez ; le sien à elle se niche en ton aine – mais tu vas bander, oui ?!

Revenir à la vision d'ensemble, splendide, cristal fragile de perfection érotique, sa tête entre tes jambes, regard inversé d'être affamé, elle se délecte, rien n'est joué, tout est vrai, intense, tu vois le bas de son dos cambré, ses fesses arrogantes, ses jambes infinies, tu imagines sa...

— Tu aimes ?

Si tu aimes ? Tu n'as jamais rien vu d'aussi lascif. La scène t'émeut, te ravit, t'enchante, te bouleverse et te... et te...

Oui, tu aimes. Tu aimes ce que tu vois. Mais tu ne sens rien.

Tu ne sens rien mais pas question de renoncer

Tu ne sens rien mais tu recommences.

Tu ne sens rien mais tu persévères.

Tu ne sens rien mais pas question que gagne ce rien, cette dysesthésie ; alors frénésie de peau, de positions, sans analogies maritimes, sans poésie, pour forcer ton cerveau à retracer la cartographie effacée de tes nerfs, des mines disséminées sous ton épiderme, à relocaliser les capteurs de ton corps – à force de frotter les désirs comme des silex, le feu va bien finir par prendre, non ?

28

« Tu leur en veux, aux terroristes ? » te demande ta cousine de vingt ans. Non. Tu en veux à Julia, qui t'a trahi autrefois ; tu en veux à François Hollande, qui a menti à ses électeurs ; tu en veux à la société, à l'organisation du monde, à l'oppression économique, à la misère intellectuelle – mais pas plus qu'avant. Tu n'en veux à personne pour cette balle dévirilisante. Tu ne sais pas qui sont tes assaillants. Tu ne connais pas leurs noms. Ils n'existent pas. Parce que si ça n'avait pas été eux, ç'aurait été d'autres. Et d'autres viendront, mêmement l'incarnation de notre échec à vivre ensemble, rebuts des simulacres de l'hédonisme consumériste. D'autres viendront, affamés orphelins débiles et narcissiques d'un monde sans repères où chacun est à soi-même sa propre loi, où une pub TV s'appelle une respiration, rejetons déjetés d'inégalités toujours plus prononcées. D'autres viendront, ils sont déjà là, hors champ, figurants ou silhouettes coupés au montage, gavés d'injustices à en devenir obèses – on préfère détourner la tête, si on ne les voit pas…

… ils n'existent pas.

« Tu leur en veux, aux terroristes ? » te demande ta cousine de vingt ans. Non. Tu en veux à Julia, qui t'a trahi autrefois ; tu en veux à François Hollande, qui a menti à ses électeurs ; tu en veux à la société, à l'organisation du monde, à l'oppression économique, à la misère intellectuelle – mais pas plus qu'avant. Tu n'en veux à personne pour cette balle dévirilisante. Tu ne sais pas qui sont tes assaillants. Tu ne connais pas leurs noms. Ils n'existent pas. Parce que si ça n'avait pas été eux, ç'aurait été d'autres. Et d'autres viendront, mêmement l'incarnation de notre échec à vivre ensemble, rebuts des simulacres de l'hédonisme consumériste. D'autres viendront, affamés orphelins débiles et narcissiques d'un monde sans repères où chacun est à soi-même sa propre loi, où une pub TV s'appelle une respiration, rejetons déjetés d'inégalités toujours plus prononcées. D'autres viendront, ils sont déjà là, hors champ, figurants ou silhou-ettes coupés au montage, gavés d'injustices à en devenir obèses – on préfère détourner la tête, si on ne les voit pas…

… ils n'existent pas.

Tu persistes à penser que notre vraie inclination est de nous entraider, de nous entraimer. Quand on nous met en concurrence pour des emplois, des notes, des chronos, des partenaires sexuels, nous intériorisons la lutte, l'autre devient un adversaire ; quand on instille la peur et la mé-fiance, l'autre devient un ennemi. L'urgence, le chagrin, le danger court-circuitent ces *inputs* ultralibéraux, ces valeurs qu'on veut nous faire croire naturelles, au profit de la générosité, de la solidarité. Tu ne sais pas grand-chose de la pensée de Jean-Jacques Rousseau, mais ce mec est raillé depuis des siècles avec son bon sauvage. On lui préfère Voltaire, le cynique, le méchant, le virulent, piquant et railleur. Et on s'étonne ?

Tu persistes à penser que les gens heureux ne tuent personne.

Sagesse millénaire : qui sème le vent récolte la tempête. La guerre est chez nous, les *mass murderers* sont parmi nous. Alors qui sème ? Et pourquoi ?

Le Bataclan : symptôme d'une civilisation pourrissante. Irruption de la peur au milieu des faux-semblants de la fête. Ailleurs, à Tel-Aviv ou Islamabad, à Mossoul ou Abuja, elle veine le quotidien. Ici, nous étions épargnés par le danger – et tant mieux. Se battre, frapper, corps-à-corps, tuer, on ne sait plus. Ta génération n'a jamais su. Jamais appris. Et tant mieux. Partant, elle est désarmée face au nihilisme ultime de celui qui est prêt à mourir, qui a atteint son point d'indignation et pense que tout vaut mieux que ce qu'il endure et subit. Il était tenu à distance, il s'est invité dans la danse. Et on ne peut mais face à celui qui n'a plus rien à perdre que la vie.

Alors, on fait quoi ? Certains écrivent des livres, des tribunes, des appels. Ils n'y étaient pas. Leur corps ne sait pas. Ce qui n'empêche certes pas de donner son avis. Ni les romanciers de transformer les faits divers en prix littéraires. Avoir pris une balle ne te donne pas plus de légitimité pour l'ouvrir, ni plus de clairvoyance. On se fâche sur les réseaux sociaux, marigot pullulant de rageux qui pensent que respirer donne droit de roter des avis inargumentés, cloaque grouillant d'illettrés, de jaloux, de bilieux, ramassis de petits nombrils agressifs et anonymes, agressifs parce qu'anonymes, avatars surs incapables de penser plus loin que le bout racorni de leur « moi je ». On s'engueule, plus de sécurité, État d'urgence contre laxisme, coups de menton, bruits de bottes, insultes et distribution de points Godwin. C'est ce qu'ils recherchent, ceux qui ont une stratégie. Du moins tu le supposes – tu ne peux pas croire que ce serait *gratuit,* qu'il n'y aurait rien derrière que l'ennui, la frustration ou l'envie d'exister. Non. Ils veulent : déchirement de la société civile. Ils veulent : la haine. Ils veulent : le communautarisme. Ils veulent : nous monter les uns contre les autres.

Se méfier, regarder par-dessus son épaule, instinct de propriété renforcé, revendiquer ses origines, touche pas à ma souche, conspirationnistes sur la Toile, négationnistes – qu'est-ce qui nous prouve que... ? Et vous ne trouvez pas bizarre que... ? Comme par hasard...

Armes en vente libre. Le commerce extérieur, mon bon monsieur. Dassault a besoin d'ennemis. Et si on les envoyait sur le terrain, les va-t'en-guerre ? Au front ? Pour qu'ils sachent de quoi ils parlent. Et si on bombardait leurs résidences secondaires, leurs quartiers huppés, pour qu'ils sachent ce que ça fait de se terrer dans une cave ? Et si on posait des mines dans leurs jardins ? Vous trouvez normal qu'un marchand d'armes possède un grand quotidien ? Ça ne gêne personne ? Madame, là, au fond à droite ? Non ? Question suivante alors. Laïcité, signes ostensibles d'appartenance religieuse, la France fille aînée de l'Église, burqa, croix et kippa, espace public : on explique à l'école ? Dans les entreprises ? Dans les médias ? Un citoyen, ça s'éduque, mais on n'a pas les moyens mon bon monsieur, trop de *charges,* et puis la dette... Question suivante. Les flics agressés dans la rue, pas assez nombreux, pas assez formés : ça ne gêne personne ? On n'a pas les moyens on vient de vous dire. Trop de fonctionnaires, et puis le trou de la Sécu *(sic).* Question suivante.

Alors on fait quoi ? Explosions, assassinats, commémorations, indignation. Élans humains, tout le monde est *Charlie* mais schizo, après trop de nuits debout on se rassied épuisés, on vote pour des professionnels qui n'ont même pas besoin de se recycler car l'ultra-présent lave plus blanc, on fait confiance au système qui a créé notre malheur. Marcher tête baissée, ne pas regarder dans les yeux ; et lui, là, qui tient le mur à Barbès en face de chez mon pote Guillaume, s'il se mettait en tête de faire péter l'école d'à côté ?

C'est possible. Des terroristes ont frappé.

Alors, on fait quoi ?

On s'habitue. Les militaires dans les gares, dans les rues (à chaque fois que tu les croises, tu as envie de leur demander s'ils ont déjà tiré sur quelqu'un, s'ils ont déjà pris une balle). On s'habitue, ou on va s'habituer. Les fouilles, les palpations, nous vous rappelons que l'étiquetage des bagages est obligatoire. On s'habitue. Tout colis suspect ou abandonné. On n'entend plus. C'est pour notre bien, non ?

Un matin, tu arrives au pied de l'immeuble qui abrite la chaîne de télévision pour laquelle tu piges depuis dix ans dans une ambiance bon enfant. Comme d'habitude, tu passes ton badge devant le lecteur pour que s'ouvre la porte d'entrée. Dans le hall, en plus de l'agent d'accueil et de celui de sécurité habituels, un vigile muni d'un gilet pare-balles. Il exige de voir ton badge et, soupçonneux, compare la photo qui y est gravée à ton visage. La chaîne a été rachetée par un groupe américain.

On s'habitue.

Rappel : le terrorisme a pour but d'instiller la terreur. Et ça marche.

« Même moi, en plein milieu de la campagne poitevine, j'y pense, t'avoue ton adorable kiné. Alors je comprends que vous soyez un peu parano. »

Parano ?

Garer ta moto près d'un camion de traiteur et le voir exploser.

Remarquer un Arabe barbu (tu te détestes) en survêtement et bombers portant un sac de sport et te plaquer hors de portée de tir, derrière un pilier en béton de la gare Montparnasse.

Voir dans le TGV un grand Black (tu te détestes) farfouiller dans sa valise pendant cinq bonnes minutes ; ne pas quitter son manège des yeux au cas où il essaierait de remonter une arme planquée en morceaux au milieu de ses affaires.

Repérer le moustachu de type moyen-oriental (tu te détestes) à l'air hagard assis quelques sièges plus loin, qui ne cesse de se lever pour aller aux toilettes ; noter qu'il y retourne pendant que le contrôleur lui met une amende (tiens il n'avait pas de billet, comme par hasard (tu te détestes)); t'attendre à ce qu'il ressorte avec une arme pour buter ledit contrôleur. Voir très nettement la tête de celui-ci exploser contre la porte coulissante. Respirer un grand coup.

Parano ?

Le terrorisme a pour but d'instiller la terreur. Ta réalité est modifiée par ce possible dont ta chair porte les cicatrices. « Vous allez peut-être trouver ça ridicule, commence ta si dévouée petite kiné en rosissant, les yeux baissés. Ne vous moquez pas de moi, hein, mais à chaque fois que je constate les progrès que vous faites, je me dis que moi aussi je les combats, Daech et compagnie. C'est mon défi, comme si en vous retapant, je leur criais qu'ils ne gagneront pas.»

Tu as envie de la serrer dans tes bras, tu as les larmes aux yeux, mais...

... ils ne gagneront pas ?

Tiens, un gars basané (tu te détestes) vient s'asseoir dans le carré vide du TGV, de l'autre côté de l'allée. Il porte un blouson épais qui pourrait dissimuler une ceinture explosive. Il tripote nerveusement son téléphone, auquel est relié, bon sang ! un tube métallique. Il semble perdu et absent, rencogné contre la vitre. Tu te dis qu'il faut absolument que tu lui parles afin que ce contact humain l'empêche de faire exploser le train.

— Excusez-moi... Heu... Vous avez entendu combien de temps on va s'arrêter à Valence ? bredouilles-tu.

(Regard noir.)

— C'est pour savoir si... heu... si j'aurai le temps d'aller fumer.

— Non, j'ai pas entendu. Je peux regarder sur mon portable, si vous voulez.

— Non ! Non, non, ne touchez pas à votre... je veux dire... c'est bon, je verrai bien...

Le train s'arrête. Le mec te regarde avec insistance. Ah oui, fumer une clope. Tu descends sur le quai et allumes ta JPS. Le suspect te rejoint sur le quai. Il a toujours l'air aussi fragile, moins menaçant toutefois. Il sort le tube en métal de sa poche et commence à vapoter. Tu éclaterais de rire si tu ne te trouvais pas aussi ridicule.

Ils ne gagneront pas ? Tu vas moins à Paris, gares et trains te sont anxiogènes.

Beaucoup de valises rangées au milieu du wagon, dans l'espace latéral prévu à cet effet. Sur le dessus, une petite rose siglée Hello Kitty. Soudain, tu te demandes si une balle de kalachnikov la traverserait au cas où tu devrais t'en saisir pour protéger la fillette à qui elle appartient.

Le terrorisme a pour but d'instiller la terreur. Dans ce bar du Xe arrondissement que vous fréquentez souvent, l'Amoureuse et toi, de grandes baies vitrées que tu vois de temps en temps voler en éclats sous l'impact des balles. Tu sais que tu n'auras pas le temps de bondir pour te coucher sur elle et faire rempart de ton corps, mais tu y es mentalement préparé. Tu penses cependant que la présence non loin d'une mosquée de réputation salafiste vous prémunit (tu te détestes).

Ils ne gagneront pas ? Un jour, alors que tu essaies des articles dans le sous-sol de ce temple du sous-vêtement masculin situé dans le Marais, tu penses soudain que ce magasin ferait une bonne cible pour les bas du front qui jugent l'homosexualité contre nature. Tu cherches à repérer les sorties de secours. Des images des vendeurs gisant ensanglantés au milieu des portants renversés t'assaillent. Tu refuses de céder à la panique et reprends tes essayages. Tu achètes un caleçon. Ce n'est pas parce que tu bandouilles désormais que tu ne peux pas être élégant.

Même pas peur ! Tu as vu ce slogan sur une image d'un rassemblement populaire post-Bataclan. Toi, tu as peur. Dans ta chair, dans tes nerfs. La loi du plus fort, c'est efficace, l'histoire de l'humanité le prouve à chaque épisode. Raison pour laquelle il est plus difficile (car moins *naturel)* d'être de gauche que de droite. CQFD.

— Vous avez des séquelles psychologiques ?

— Je me demande si je rebanderai normalement un jour.

— Non mais à part ça ?

À part ça ? *À part ça ?* Comment voulez-vous que je laisse « ça » à part ? Il n'y a rien, à part ça ! Tu constates des améliorations, certes, et tu as pu reprendre une vie sexuelle satisfaisante. En dix mois, tu es revenu à soixante-dix pour cent de tes capacités antérieures, tu as moins de sensations étranges pendant l'éjaculation, moins de douleurs après, plus de sensibilité dans la zone génitale. Parfois, tu te trouves mesquin de t'apitoyer sur ton phallus défaillant. N'est-il pas indécent d'évoquer tes problèmes d'érection au regard du nombre de victimes et de blessés graves ?

Tu n'as pas le syndrome du survivant, ne ressens aucune culpabilité par rapport à ceux qui y sont restés. Une terrible, profonde, violente empathie, oui. Ce sont tes amis, tes frères et sœurs. Tu vas de temps à autre lire un portrait sur le poignant mémorial que *lemonde.fr* leur a consacré. Tu te demandes quelle photo aurait été choisie pour illustrer le tien. Seul devant ton écran, tu communies avec leurs proches ; parce que tu es un de leurs proches. Parfois, tu cliques sur une photo et tu lui parles. Juste quelques mots. Je ne t'oublie pas. Sans te sentir coupable d'être vivant – aucun des morts ne t'en veut de l'être, tu le sais. Ils vivent un peu en toi, c'est étrange, une palpitation ténue. Tu ne te dis jamais que tu aurais pu mourir, même si tu as cru que tu allais mourir. Certains des tiens t'ont cru mort, tu es un survivant pour eux, un ressuscité, ils sont allés plus loin que toi dans l'affliction. En un sens, ils ont plus souffert que toi.

Parfois, tu te sens vraiment nul de ne pas aller mal. Tu fais une bien piètre victime. Au salon Livres et Vin de Saumur, Agnès te parle de la théorie de l'élastique, qui se tendrait à ton insu et un jour *bim !* en pleine figure. Oui, c'est possible. Mais quoi ? Tu ne vas pas faire semblant d'aller mal, si ? En avril, tu es invité à L'Escale du Livre de Bordeaux par ton ami libraire Rodolphe. Qui a fait quelques semaines plus tôt un infarctus ; qui a perdu des amis dessinateurs à *Charlie Hebdo*. Le dernier soir, au restaurant, parmi une joyeuse tablée, vous rivalisez de blagues de très mauvais goût sur le Bataclan et les crises cardiaques, ce qui vous fait hurler de rire. À la table voisine, les convives sont outrés et choqués (il faut dire que vous y allez vraiment fort). Quand un de vos amis leur apprend que vous êtes tous deux rescapés des drames dont vous riez aux larmes, tu vois se peindre sur leurs visages la stupéfaction la plus pure, l'essence de l'incompréhension.

Vivre (continuer à).

Laura et Ramez n'y parviennent pas. Ce couple d'amis était au Bataclan aussi, dans la fosse. Tu l'ignorais – si tu l'avais su, ou les avais croisés dans la salle, les aurais-tu suivis jusqu'au pied de la scène ? (Réponds, Lachésis !) Ils ont survécu, indemnes, au milieu des cadavres et des mourants, baignant dans le sang. Huit mois après, ils sont encore rompus de culpabilité (pour ne rien arranger, Ramez est médecin), hantés par ce qu'ils ont vu, entendu, reniflé. Ils doivent nous rejoindre sur la terrasse de Poopy pour assister au feu d'artifice du 14 Juillet tiré depuis le Trocadéro et la Tour Eiffel. Ils envoient un message en début de soirée : à peine sortis de chez eux, des bruits de pétards dans la rue les ont mis en panique, ils ont fait demi-tour. Quelques heures plus tard, autour de la plancha aux grillades oubliées, personne n'a plus envie de se réjouir du spectacle qui vient de s'achever.

Nice, putain, Nice...

29

Normal. *Bam !* Anormal.

Un peu à droite : rescapé. Un pas de plus à gauche : victime. Mort.

Calme/tempête. Éjection hors du quotidien. Immersion – dans quoi ? Avant/après. Une seconde. Fraction de. Ici/là. Choix. Quelque chose me retarde. Je suis ici. Je ne suis plus là. *Bam !* À quoi ça tient ? La chance ? Quel impact ? Calme/drame. Joué à rien. Vu d'en bas. Car vu d'en haut, peu chaut. Poussière. Faire un livre sur la poussière ? Sur l'être-poussière balayé un peu plus tôt un peu plus tard sous le tapis de la mémoire ? Ici ou là. Calme/tempête. Banal/extraordinaire. Impensable. Guerre. *Bam !* Sixième extinction. *Bam !* Normal, quotidien, réalité connue. *Bam ! Bam ! Bam !* Changement de décor. De corps. De perspective(s). Noir ? Bascule (point de). Contre-plongée. Vu d'en haut ? Demande à la poussière. Pas de quoi en faire un roman, mec.

Une chose est sûre : c'est advenu. C'est advenu ? Tu as écrit les scènes sans sève. Phonèmes orphelins des sensations. Une recréation. À l'aveugle. Dénervée. À se demander si tu y étais, au Bataclan. Et pourtant, là, ce soir, en faisant dans ton lit des exercices de ton invention pour tendre et détendre fessiers et périnée, tu peux presque les voir, cette balle, le trajet de cette balle, Iblis debout à côté de toi. La scène vue du dessus. De l'extérieur. Presque. Aussitôt tout se brouille. Dézoom. Et rien. Poussière. Le chagrin des familles. Tu essaies. Tu te concentres. Tu es à ce concert. Bruits de pétards. Puis rien. Des filaments de perceptions. Intangibles. Y étais-tu, ce soir-là, au Bataclan ? Parfois, tu es persuadé que tu n'as pas vu tel film, on te jure l'avoir vu avec toi, la bonne blague, si tu l'avais vu, tu le saurais quand même, au bout de dix minutes tu te rends compte que tu l'avais vu en effet, rien ne t'en était resté de conscient. Tu es un plumage de canard sur lequel glisse le réel – pour mieux l'inventer ensuite ? Même ta blessure, tu peux en douter : tu ne l'as jamais vue. Francesco voulait te montrer les photos qu'il a prises de ton arrière-train avant de t'opérer. Jamais de la vie, tu as dit. Jamais, Francesco, vous m'entendez ? Tout le monde s'étonne que tu ne regardes pas tes cicatrices dans une glace ; c'est derrière moi, vous comprenez ? Quand c'est arrivé, c'était déjà derrière moi.

C'est advenu. On peut l'affirmer aujourd'hui. Mais dans cinquante ou cent ans ? Dans trois cents ans ? Peut-être n'en restera-t-il qu'un nom de lieu détruit accolé à une date, quelque part dans des archives. On aura oublié les victimes et les héros de cette tragique soirée comme on oublie le nom des soldats morts dans l'absurdité des batailles. À Auschwitz, les explications et discours de jeunes guides contredisent parfois ceux des rescapés qui témoignent en parallèle lors des visites. Ceux-là opposent à ceux-ci que s'ils y étaient, ils n'ont pas pu tout voir, ou laissent planer un doute sur la fiabilité de leur mémoire de vieillards. Bientôt, il n'y aura plus de survivants. Alors pas de quoi en faire un roman de ta présence au Bataclan, certes, mais écrire pour qu'une geste subsiste. Une petite geste – et encore l'appellation est-elle usurpée pour définir ton pseudo objet littéraire si autocentré –, pas parce que « le public a le droit de savoir » mais parce que l'Histoire ne doit pas oublier. La littérature n'arrête pas les balles. Henri Barbusse, Louis-Ferdinand Céline, Erich Maria Remarque, Louis Guilloux ou Ernest Hemingway n'ont pas empêché, en romançant 14-18, la Seconde Guerre mondiale. Henri Alleg n'a pas empêché Guantanamo. Anne Franck, Primo Levi, Henri Vercors, Georges Hyvernaud n'ont empêché aucun génocide, aucune bataille, aucun massacre de civils. On envoie aujourd'hui encore des gamins se faire buter, les femmes sont violées par les vainqueurs, les bâtards nourrissent des désirs de vengeance. La littérature n'arrête pas les balles. Par contre, elle peut empêcher un doigt de se poser sur une gâchette. Peut-être. Il faut tenter le pari.

Un objet littéraire... L'expression ne cache-t-elle pas une volonté de contrôle sur ce projet ? Qui le desservirait. Qui expliquerait pourquoi tu as tant tâtonné. Tu te fliques, tu te brides. Pourquoi pas un récit, simple, comme si tu en parlais à tes potes ? Tu renâcles. Te bats contre cette impression d'écrire pour les autres. Tu n'y prends même pas de plaisir, à ce fichu *Projet B.*

Tu as tout d'abord, premier déclic sans doute, accepté d'évoquer publiquement le Bataclan. Par la bande, dans une position d'écrivain et non de victime. Pour *Le Monde des livres.* Parce que la rubrique « Histoire d'un livre » s'y prête, puisque *Marguerite n'aime pas ses fesses* a été relu et corrigé et relu et amendé et relu durant ton séjour à l'hôpital, puis ta convalescence. Parce que tu connais un peu la journaliste et que tu apprécies sa gentillesse et sa bienveillance. Parce qu'elle a un argument imparable : à la fin du roman, tu remercies toutes les personnes qui se sont occupées de toi à Henri-Mondor, ce qui t'est arrivé n'est donc pas un secret. Et puis si tu veux être parfaitement honnête, peux-tu refuser l'hypothèse d'un papier autour de ton roman dans *Le Monde des livres ?* Tu n'es pas plus un saint qu'un héros.

Lorsque tu lis l'article pour la première fois, dans sa version numérique, tu paniques. Tu n'aurais pas dû accepter. Tu t'en veux. Tu te trouves racoleur, putassier. Manuel est l'un des premiers à réagir. « C'est bien de l'avoir fait comme ça », t'écrit ton Papa Ours. Tu es presque soulagé d'apprendre qu'une grève, le jour même où l'article doit sortir, empêche les quotidiens nationaux de paraître. Puis presque soulagé d'apprendre que le supplément « livres » du *Monde* paraîtra avec l'édition du lendemain – tu n'es pas plus un saint qu'un héros.

Ensuite, tu commences à parler de ton *Projet B.* autour de toi. À des amis auteurs. Ils te renvoient de l'enthousiasme. Un bel enthousiasme. Qui non seulement te fait chaud au cœur mais t'offre une sorte de légitimité. Tu te souviens d'un soir, à la Comédie du Livre de Montpellier, où Jérôme, Tatiana, Oliver t'encouragent autour de quelques verres. Jérôme, dont tu admires le travail, te propose même de faire l'œil extérieur si besoin.

Un objet littéraire. Qui s'étoffe cahin-caha. Laborieuse-ment. C'est pénible, insatisfaisant, tu tournes autour. L'angle d'attaque, bon sang, l'angle d'attaque ! Parce que débagouler tes petites misères, tes petits malheurs, pas question. Quelle idée d'avoir ouvert ta gueule, d'avoir annoncé que tu l'écrivais, ce *Projet B.!* Tu as la pression. Tu te sens attendu. Et puis jusqu'où aller ? Tu n'es pas seul dans cette histoire, qui ne finit pas bien pour tout le monde. L'angle ne peut être que l'individuel dans le collectif. Alors tu notes des idées de chapitres, des bribes comme…

Si nous approchons, que voyons-nous ? Erwan est allongé sur son lit, il sourit. Des tuyaux lui sortent de partout, il porte une blouse d'hôpital. Il ne semble pas abattu. Fait-il le mariolle pour l'objectif ?

... que tu ne garderas pas.

Tu as pensé écrire à la troisième personne du singulier, pour mettre de la distance entre les évènements et toi, mais tu as trouvé ridicule de dérouler une histoire dont le héros s'appellerait Erwan, et encore plus de te chercher un autre prénom. Tu patauges donc à la première personne du singulier dans ton médiocre objet pas du tout littéraire quand tu décides d'essayer de le passer à la deuxième, comme on ripoline un vieux mur salpêtré. Tu roules dans ta voiture en direction de Vierzon, où Juliette réunit chez elle quelques amis auteurs pour un week-end festif. Pendant que tu laisses, passif, tes pensées se dérouler autour de ton travail, France Culture propage les voix de Camille de Toledo, Aliocha Imhoff et Kantuta Quiros. Ce qu'elles disent te réjouit, leurs mots se mêlent à tes pensées, tu écoutes sans comprendre mais comprends malgré tout, ton corps comprend, ton crâne comprend, la certitude s'impose : deuxième personne du singulier. Le soir même, Marie, celle qui voit les auras, achèvera en quelques mots d'ouvrir la porte. Durant votre conversation, tu te vois avec netteté allongé sur le sol du Bataclan, subissant mais ne maîtrisant plus, en perte de contrôle total (ta hantise), puis face à la feuille essayer de reprendre prépotence par l'écriture avec la fate ambition de créer un « objet littéraire », écrasé par cette responsabilité, par l'irréductibilité de l'advenu.

Voilà, il est temps de redevenir je.

30

Tout est prêt. Le Van Houten pour le chocolat chaud, les petites pâtisseries, l'appartement rangé, propre. L'angoisse et l'excitation charrient leur venin depuis le plexus.

Nathalie ne va pas tarder.

J'en suis amoureux fou, amoureux de traviole, un amoureux de tout juste dix-huit ans. Ignorant, maladroit. Romanesque. Amoureux de l'état amoureux. Amoureux d'elle à en écrire des poèmes – une quinzaine tout de même.

« Samedi, je vais en ville, je passerai prendre un chocolat », a-t-elle dit. Ou : « Je passerai à l'heure du goûter.» Ou prendre un thé, de toute façon seul le « je passerai » m'intéressait. A-t-elle donné une heure précise ou évoqué la fin d'après-midi ? Je ne sais plus. Elle a des courses à faire, ensuite elle vient. Mon studio est nickel depuis le matin. J'ai commencé à récurer dès l'aube. J'ai séché l'entraînement de football américain. J'attends, fébrile. Le cacao sera mélangé à un peu de sucre, puis on ajoute lentement du lait froid en délayant, jusqu'à obtenir une pâte onctueuse. Alors, on incorpore délicatement le lait chaud en mélangeant avec un luxe de suavité et une cuillère en bois. Puis on remet le tout dans la casserole à feu très très doux. Le breuvage se prépare au dernier moment.

J'attends.

Assis à la fenêtre, une grande fenêtre qui donne sur la rue du Bon-Pasteur, j'attends. J'ai vue sur les deux extrémités de l'étroite artère, je vais découvrir Nathalie qui arrive à pied, ou voir passer sa Golf blanche sous les essuie-glaces de laquelle, une fois ou deux, j'ai glissé des petits mots restés sans réponse – elle faisait toujours ensuite comme s'ils n'avaient jamais existé. Elle va venir. Elle a dit qu'elle passerait. Prendre un chocolat. Ou un thé. Partager le goûter. J'ai acheté des pâtissseries. Rangé l'appartement. Je suis prêt. Est-ce qu'on va s'embrasser ? On ne peut pas considérer que Nathalie est ma petite amie. C'est plus compliqué. Elle est compliquée. Fuyante sur le sujet. Un sujet que je n'ose jamais aborder de front – je suis le genre à laisser des mots sur le pare-brise et à écrire des poèmes. Mais elle a dit qu'elle venait prendre le goûter. À seize heures. Ou en fin d'après-midi. Ses courses en ville ont sans doute pris plus de temps que prévu. Si seulement j'étais sûr de moi. Si seulement j'avais son numéro de portable. Mais les téléphones portables n'existent pas. Internet non plus. On se donne rendez-vous de vive voix. Pour partager un chocolat par exemple. Ou un thé. Et si on doit annuler, on appelle sur la ligne fixe. Sauf que si elle est en ville, cela signifie trouver une cabine, et il faut qu'elle ait une carte de téléphone. La ligne fixe de Nathalie coïncide avec celle de ses parents, chez lesquels elle habite. Elle connaît mon adresse. Elle va arriver. Aussitôt, je préparerai le chocolat chaud et on prendra le goûter. Puis on s'embrassera, sur le matelas posé au sol et recouvert d'un plaid qui fait office de canapé. Embrasser ses lèvres chocolat. Ce sera doux. Parfait. Idéal. Ou alors je l'embrasserai dès la porte d'entrée ouverte tellement palpite entre nous une amoureuse apodicité. Non, je n'oserai pas. Je ne suis pas sûr de moi. J'ai dix-huit ans. Je ne connais rien à l'amour ni aux femmes, seulement ce que j'en ai lu, ou vu dans les films. Et inventé dans les films et les livres dont je suis l'auteur – bientôt célèbre, vous verrez. J'ai des théories sur le sujet, bien sûr. Mystiques. Fusion des corps et des âmes. Pas besoin de se parler. Évidence partagée. Dans la vraie vie, mes théories grincent et s'enrayent. Longtemps j'essaierai de contraindre le réel à s'adapter à mes idéaux. Le réel gagne toujours. Jusqu'à ce que l'on comprenne que l'idéal doit y être incorporé avec délicatesse, comme des œufs en neige quand on prépare une mousse au chocolat.

Nathalie. S'embrasser. Fusion des lèvres et des âmes. L'amour. Mon premier roman, écrit trois ans plus tôt en pension, développe le sujet. N'importe quoi… Comme si on savait quoi que ce fût de l'amour à quinze ans ! À dix-huit, j'ai plus de certitudes mais j'en sais aussi peu. J'ai embrassé plus de filles, voilà tout.

Juste de l'autre côté de la rue, une immense façade constellée de fenêtres abrite une résidence d'étudiantes. Certaines me matent, me font des signes ; je les ignore, j'attends Nathalie. Je prends mon air de poète maudit, j'ai l'habitude des filles d'en face, certaines m'ont écrit des mots doux, une fois l'une d'elles a même griffonné un message sans équivoque sur la porte d'entrée de mon immeuble – ah ! que ne suis-je un Casanova… Mais non, je suis romantique, idéaliste, idiot quoi, et j'attends Nathalie.

Qui ne vient pas.

Parfois je me lève, essaie de tromper mon anxiété en accomplissant une action pourtant parfaitement inutile (déplacer un ustensile, un livre ; vérifier la propreté de la salle de bains), regarde l'heure, puis reviens fumer à la fenêtre.

Goûter. On est encore dans le créneau acceptable. Elle a dit vers seize heures. A-t-elle dit vers seize heures ? Si oui, elle est très en retard, mais faire les magasins Erwan tu sais ce que c'est, désolée, comment me faire pardonner ? (J'ai bien une ou deux idées…)

J'attends, à la lisière de la fébrilité et de l'angoisse. Chaque silhouette qui apparaît à l'une des embouchures de la rue m'évoque celle de Nathalie. Chaque bruit de moteur me fait tourner la tête. Et si elle avait eu un accident entre Cabriès et Aix ? Dès que j'éteins une cigarette, je prends un chewing-gum. Au cas où on s'embrasserait dès la porte ouverte. Mes mains dans ses longs cheveux… Elle ne fume pas.

Je mangerais bien une pâtissserie, mais si elle arrive et que j'ai des miettes entre les dents... Ou pire, du gras sur les doigts.

Alors j'attends. En colère à présent. Pourquoi m'a-t-elle dit qu'elle venait goûter si elle ne vient pas ? Personne ne l'a obligée, si ? Je la déteste. J'écris des phrases sur cette trahison. Des phrases qui deviendront un poème, une fois travaillées. Un poème sur son mensonge. Sur mon aveuglement.

Explication (Nathalie IV)
Nathalie liquéfiée équationne ses passions,
Passe-temps impressionnant, imprécis mais si près
Des attraits très trompeurs de l'après rupturant,
Après indésirable aux prémisses incursives.
Infidèle, éludée, adulée par défaut
Elle se pare des faux-airs, coursives imprévisibles,
De l'innocence naïve et, factice, elle affiche
Une affection dénuée de reflets chiffonnés ;
Autant dire que trahi, je m'extrais de son champ.
Délustrée, détestée, Nathalie gît à terre
Minablement.
Colère laminante ;
Passagère.

Un goûter. Du chocolat chaud. Tu parles ! Nathalie n'est pas là. Nathalie ne viendra pas. Je le pressens mais refuse de l'envisager. Elle a dit qu'elle passerait goûter après ses courses en ville elle l'a dit je ne l'ai pas inventé elle a dit qu'elle passerait avec ses longs cheveux bruns ses grands yeux en amande son sourire incroyable elle l'a DIT.

Je crois que la nuit commence à tomber, Nathalie et moi sommes faits l'un pour l'autre, c'est une évidence, elle le sait, non ? A-t-elle peur ? C'est si simple, pourtant. Chocolat chaud. Baiser. Tout est prêt pour le goûter. Pour le baiser. Pour l'amour. Viens, Nathalie, je t'en supplie. Viens. Je l'appelle par télépathie. L'heure du goûter voit celle du dîner dans ses rétroviseurs. Nathalie n'existe pas. Nathalie est un fantasme. Nathalie idéalisée que je n'embrasserai pas. Nathalie inconsciente de mon désespoir, de la folie qui me gagne, des crocs qui me labourent le corps, sous les yeux rieurs des petites connes d'en face. J'ai tellement clopé que je n'ai plus de chewing-gums. Nathalie en vie quelque part mais morte à notre amour. Elle ne viendra pas. Les pâtissseries ont un peu séché et narguent ma faim. J'ai envie d'une bière et non de ce ridicule chocolat chaud, de ce thé pour adolescent attardé.

L'amour que je lui porte m'écartèle. Sens unique. Voie sans issue. Sans Nathalie. Plus jamais. Je dois arrêter de penser à elle. Obsession. Je dois m'en libérer. C'est fini, Nathalie. Terminé. J'écris des mots, des phrases. J'en ferai une lettre de rupture. Je te quitte, Nathalie. Je te chasse de moi. L'heure du goûter est dépassée depuis belle lurette. Les magasins sont fermés. J'ai le ventre lacéré de faim et d'absence. Elle ne viendra pas. *So long,* Nathalie. Je ne peux pas te faire confiance. Tu m'as menti. Tu t'es moqué de moi. C'est fini.

J'écris plusieurs versions de lettre de rupture. Jette les fondations d'un poème de rupture. Adieu, Nathalie. Je te déteste. J'étouffe. Je voudrais parler à quelqu'un. J'ai besoin de parler à quelqu'un. Savoir si c'est normal, ce que je ressens. L'étouffement. La lacération, là, dedans. Vouloir mourir. Enfin pas vraiment mais avoir l'impression de vouloir mourir. Non-sens. Absurde. J'ai besoin de réponses. Elle a dit qu'elle passerait me voir. Elle n'est pas venue. Elle ne viendra pas. J'ai beau le prendre par tous les temps, le résultat est le même : elle n'est pas là. Je saisis l'annuaire. La tête me tourne. Une bestiole énorme s'agite dans ma poitrine. Rugit. Gronde. Veut sortir. C'est fini, Nathalie, je te quitte. C'était le jour de notre premier baiser. J'avais acheté tartelettes et éclairs. Tu n'es pas venue. Bruno Étienne est dans l'annuaire. Mon prof de sociologie politique. L'homme dont les cours sont en train de changer ma vie.

« Les accords Sykes-Picot. Accords secrets 1916. Vous connaissez ? Non, bien sûr, vous ne connaissez rien bande d'incultes, vous écoutez benoîtement les hommes-troncs du JT ! » Le professeur Bruno Étienne, debout sur son bureau, après quelques katas de karaté, émerveillait mes dix-sept ans. Je vais enfin comprendre le monde. Avoir des pistes du moins. Douter. Questionner. Cours d'Histoire des religions de la section Politique et sociale de l'IEP. En section Économie et Finances, ils n'ont pas ce cours, ils préparent l'ENA, déjà en costard-cravate. Ils ne savent rien de ces accords Sykes-Picot qui ensanglantent encore l'Orient et l'Occident cent ans après leur signature. Ils posent sur mes santiags un regard apitoyé. Bruno Étienne m'a serré dans ses bras, au gala de fin de première année, après notre représentation de *L'Anniversaire* de Pinter. Il m'a fait connaître Debord et Bourdieu, Bachelard, Max Weber. Lui doit savoir. Et il est dans l'annuaire. Sur lequel je repère une tache vermillon. Je lève les yeux au plafond. Les baisse de nouveau. Une autre tache. Je porte la main à mon nez. Je saigne. Pour la première fois de ma vie, je saigne du nez. Je crois que j'appelle Bruno Étienne, mais que personne ne répond. Je ne sais plus. Je saigne du nez. À cause de Nathalie, de son aveuglement, de sa peur, de son égoïsme. Elle a tout gâché, notre bel amour qui n'attendait qu'un goûter, qu'un baiser. Je ne serai plus jamais amoureux. C'est décidé. L'évidence. Le sang qui goutte de mon nez, si rouge, si incroyablement rouge, un rouge à la beauté tragique, est un signe. Plus question de souffrir ainsi à cause d'une femme.

J'ai dix-huit ans, Nathalie n'est pas venue, je ne serai plus jamais amoureux.

Je raconte l'histoire à Loulou au Castellet, deuxième étape des Nocturnes Littéraires. Nous nous sommes rencontrés la veille, à Saint-Tropez ; assis côte à côte sur le stand de la librairie, nous avons fait connaissance, même si rien ne m'horripile plus qu'un mannequin qui se pique d'écrire un roman – je suis assez snob dès qu'il s'agit de littérature.

Il n'y a pas foule dans ce petit village de l'arrière-pays varois pour venir rencontrer les auteurs présents, aussi décidons-nous de quitter nos places pour aller acheter olives et rosé. Puis nous prenons l'apéro en bavardant derrière la pile de livres de Loulou. « Plus jamais amoureux ? » Elle me retourne une moue incrédule. Non. J'ai vu des amies souffrir de quêter sans relâche la passion. Puis se détruire en s'obstinant à aimer des hommes qui leur émiettaient l'amour-propre. Puis recommencer, obstinées, prêtes aux ecchymoses de l'âme, et du corps parfois, pour quelques instants magiques. J'ai assimilé la passion au drame ; à l'amour qui déchire puis consume. Plus jamais je ne serai amoureux. Loulou mange une olive. Elle trouve cela triste. J'aggrave mon cas à coups de comparaisons ha-sardeuses : l'amour passionnel comme torrent impétueux dans lequel on boit la tasse, surnage difficilement dans le courant, bringuebalé par les flots, par opposition au lac à la surface duquel les sentiments font la planche. Si j'avais voulu la séduire, je n'aurais pu m'y prendre plus mal.

Le soir même, nous nous retrouvons dans sa chambre, puis dans son lit.

— C'est faible, lâche Manuel avec une moue dépitée.

— Très faible, abonde Alice.

— Bientôt, tu vas nous dire que vous vous êtes refait cent fois la chronologie ensemble, que vous avez traqué les détails, les moments, essayé de mettre des mots sur ce qui vous aimante l'un vers l'autre et que tout concorde, tout coïncide, tout s'emboîte.

— Oh oui ! ricane Alice, il faut que vous soyez *aimantés* l'un vers l'autre ! Que ce soit une *évidence !*

— Irréfragable, renchérit Manuel, hilare. Tu aimes bien cet adjectif, non ? Tu l'as placé dans au moins deux de tes romans précédents.

Oui, c'est exactement ça, les amis ! Et je suis vraiment très surpris, voire estomaqué, de me rendre compte (on dirait bien que je suis le dernier de l'espèce humaine) que toutes les situations ridicules et risibles, grotesques et pitoyables, nunuches et drôlettes que j'ai lues, vues ou entendues à propos de l'amour, et dont je n'ai jamais manqué une occasion de me gausser, que tous ces comportements hilarants, ces gestes niais, ces paroles nigaudes sont inspirés de faits réels.

— Oh la la ! Tu te noies dans l'eau de rose, mon biquet. On perd toute la force de ton roman avec cette bluette.

— Ce n'est pas une bluette ! protesté-je, véhément. Je suis tombé amoureux. Amoureux pour de vrai ! C'est la première fois.

Je comprends que le Bataclan a fait sauter un verrou, celui du sang sur l'annuaire et du lapin posé par Nathalie. Après cet épisode, j'ai écrêté mes émotions. Pour ne pas risquer une grande affliction, j'ai durant des années aimé avec mesure. Ce qui n'exclut pas la sincérité des sentiments mais en limite l'amplitude.

— La vache, elles vont être contentes de lire ça, tes ex !

— Non mais Alice, tu ne veux pas me laisser un peu tranquille ? Je ne vais jamais réussir à terminer cette histoire, si vous m'interrompez tout le temps !

— C'est un peu grâce à nous que tu l'as écrite, je te rappelle, intervient Manuel. Alors on a notre mot à dire.

— Surtout que ça ne va pas du tout, se désole Alice en secouant la tête. Jeanne est présente tout au long du roman, on s'attache à elle, on souffre avec elle et *pfffuit !* elle s'évapore d'un coup.

— J'en ai conscience, mais comment faire ?

— Débrouille-toi, biquet, c'est ton texte. On te donne notre avis, c'est tout.

Merci, Manuel, tu m'aides beaucoup…

— Tu n'avais pas parlé d'objet littéraire ?

Un objet littéraire, oui. Mais l'exercice montre maintenant ses limites. Le réel renâcle, l'auteur ne peut plus rien. Un de ses personnages principaux a disparu de l'histoire. Le lecteur voudrait savoir, comprendre. Y avait-il des signes avant-coureurs ? Entre le 13 novembre et le 7 août, le héros a-t-il senti s'étioler ses sentiments ? A-t-il vécu une prise de conscience progressive ? Brutale ? Quels ont été les symptômes ? Avec un vrai personnage romanesque, l'auteur, *deus ex machina,* aurait eu le choix – expliquer, psychologiser, semer des indices. Mais Jeanne existe.

Et aucun objet littéraire ne justifie le risque de blesser un vivant. Vous ne saurez rien, il vous faudra imaginer à partir de cette injustice – le *happy end* ne l'est pas pour tout le monde. Et si cette fin de chapitre ne convient ni à Manuel ni à Alice, ce n'est pas très grave.

Vu du dehors – XIV

Mika et moi allons chercher ta moto qui est restée devant le Bataclan. Nous prenons la mienne, de moto. Celle qui est à paillettes et qui ressemble à une fête. La tienne est noire et vieille. Je ne sais pas pourquoi, je l'imagine toujours avec du chatterton par endroits. Mais pour maintenir quoi ? Je monte à l'arrière de ma moto, sur un petit pouf fixé au garde-boue par des ventouses. Il n'y a pas de cale-pieds. Alors ma chaussure fond sur le pot d'échappement. La droite seulement. Car mon pied gauche est posé sur la sacoche. Mika conduit bien, c'est le meilleur pilote que je connaisse. Je me serre fort contre lui. Normal, puisque je l'aime. Nous arrivons à Bastille et remontons le Boulevard Richard-Lenoir. De l'autre côté du terre-plein, j'aperçois le passage Sainte-Anne Popincourt qui forme un coude et donne sur la rue Nicolas-Appert. J'ai mal. Deux jours avant le 13 novembre, j'étais là. Avec Catherine et Hélène. Catherine avait remarqué que sur un des murs de la rue manquait Honoré. Quelqu'un avait réalisé quatre pochoirs : Cabu, Charb, Tignous et Wolinski. Mais pas Honoré. Catherine avait alors appelé Hélène, la fille de Honoré, et avait lancé l'idée qu'elle réaliserait son premier pochoir et le plus beau : le portrait du grand dessinateur. Toutes les trois, dans la nuit du 11 novembre, nous avons embelli un mur. Je ne me souviens jamais lors de quelle manifestation Honoré m'a présenté Hélène, un premier mai ou alors, lors du mouvement lancé par Mélenchon. Je marchais seule dans le cortège et j'ai aperçu Honoré sur le trottoir, il était tellement grand. À côté de lui se tenait une jeune femme discrète, c'était Hélène. Les balles de kalachnikov, je sais ce qu'elles font. Le 13 novembre au soir, j'étais devant ma télé. Je regardais une connerie et je me disais : « Tiens, si l'attentat a lieu ce soir, je me souviendrais de ce que je regardais.» J'ai tout oublié. Enfin, pas tout. Mika est rentré du garage, il était content que je ne sois pas devant les informations. Pourquoi ? Explosion au Stade de France, fusillades en terrasse. Je change de chaîne : Bataclan. Quelqu'un est au Bataclan. Qui ? Toi. Je ne peux plus respirer, je me lève, je me rassieds, j'ouvre la bouche comme un poisson qui va crever. Mika me rassure : « Il n'est pas mort, il ne peut pas être mort ». Pourquoi tue-t-on mes amis et me laisse-t-on en vie ? « Calme-toi ». Mika est blême, il a peur, il ne croit peut-être pas en ce qu'il dit. Tu portes des santiags. Un garçon qui porte des santiags est forcément dans la fosse. Au bar à tous les coups. Les balles de kalachnikov, je sais ce qu'elles font. À deux heures, j'apprends que Richard est mort. J'ignorais qu'il était au Bataclan. Le 11 janvier, avec des amis à lui, il posait sur une photo en tenant une pancarte : « Je suis *Charlie,* je suis Sigo ». Je me demande si tout ce qui se passe depuis le 7 janvier est de ma faute. Où es-tu ? Réponds. Jeanne dit : « Il a oublié son portable à la maison.» Reste le numéro d'urgence. Nous roulons toujours, je serre Mika plus fort, je pleure dans mon casque. As-tu déjà pleuré dans un casque ? Tout seul comme un con, séparé des autres par une visière, hors du monde et de sa marche. Nous arrivons au niveau où Ahmed Merabet a été abattu. Il y a encore des fleurs. J'ai mal. Et puis le Bataclan. Mes larmes s'arrêtent. Parce que Jeanne est là. Elle nous attend devant ta moto. Je ne veux pas qu'elle ait mal. Mais elle a évidemment mal. Ta moto est derrière des bandeaux de sécurité rouge et blanc. Le ruban fait même des nœuds aux poignées et aux rétroviseurs. Jeanne et Mika vont voir la police (Mika qui relit ce texte me contredit. D'après lui, Jeanne est allée seule voir la police). Ta moto fait partie d'une scène de crime. Restée seule auprès d'elle, je la caresse. Je passe ma main sur le réservoir, je veux m'assurer qu'elle n'a pas été touchée, que l'essence ne coule pas. J'avais fait ça pour Fabrice le 7 janvier, j'avais passé ma main dans son dos et sur son torse. J'étais sûre de moi et je lui disais : « Tu n'es touché qu'aux jambes.» Je voulais le rassurer, lui ne voulait rien entendre. Aujourd'hui, je sais qu'il avait raison. Des jambes déchiquetées à la kalachnikov ce n'est pas « tu n'es touché qu'aux jambes ». C'est grave, c'est l'artère fémorale qui vomit. Et puis des balles, il en avait ailleurs. Mes caresses n'avaient rien su détecter. Toi, tu pensais avoir été touché de deux balles. Tu attendais la troisième, dans la tête. À l'hôpital, tu étais tout blanc. Plus tard, tu m'as montré tes fesses et la cicatrice du trou d'entrée ou de sortie. Elle est violette. Jeanne et Mika sont revenus. Nous avons dégagé ta moto de son piège. Mika et Jeanne sont montés dessus. J'ai pris le guidon de la mienne. C'était drôle de voir Jeanne derrière Mika sur ta moto qui avançait à la vitesse d'un vélo Solex. On aurait presque dit des vacances romaines. La nuit du 13 novembre, j'ai cru que tu étais mort.

31

Parler d'angoisse, ou même d'appréhension, serait exagéré.

Je n'ai pu malgré tout m'empêcher d'*y* penser en arrivant devant l'Olympia, puis en subissant les fouilles et contrôles, en avançant ensuite dans le large et long couloir en pente qui mène au foyer. Loulou me tient fort la main, et c'est bon.

Je croise Virginie. On s'embrasse, émus – on ne s'est pas vus depuis plus de dix ans, on travaillait ensemble chez Universal Music. Puis France apparaît près du bar, en bas, on se saute dans les bras, *shoot* de pure amitié.

Sonnerie. On rentre dans la salle. On s'assied. Légère oppression. Tout est sous contrôle néanmoins. La présence de Loulou tout contre, dedans, partout. Degré de parano : nul.

Noir.

Les musiciens s'installent. Keren-Ann arrive et entame son premier morceau. Je fonds soudain en larmes. Loulou les essuie et me serre contre elle. Ce sont de bonnes larmes, presque purificatrices ; l'amour mêlé à mes doigts l'est ô combien aussi.

Après quelques minutes, les sanglots s'apaisent.

Voilà, j'ai remis les fesses dans une salle de concert.

Valence, Espagne.

Loulou et moi buvons un chocolat chaud à la terrasse d'un petit café quand elle se rend compte qu'elle a perdu une des boucles d'oreille offertes par sa mère quelques jours auparavant pour son anniversaire. Détresse. Nous avons marché toute la journée, impossible de refaire le chemin en sens inverse. Je propose malgré tout à Loulou de revenir sur nos derniers pas, sait-on jamais ? Nous parcourons quelques centaines de mètres les yeux rivés au trottoir. Soudain, je tombe en arrêt. En vitrine, posée au sol dans un recoin, une paire de santiags, des boots marron foncé, superbes. Je lève la tête. C'est un magasin de vêtements d'occasion devant lequel nous sommes passés plusieurs fois déjà sans jamais l'avoir remarqué. Nous entrons. J'essaie les santiags. Un peu trop grandes mais d'une qualité remarquable, et à peine portées.

— Elles sont vraiment belles, me souffle Loulou.

Je les achète.

Et si je n'avais été au Bataclan que pour gagner le privilège de rencontrer Loulou ? Dis, Lachésis, t'en penses quoi ?

Vu du dehors – XV

Gare de Toulon. Ma valise est lourde, je ne connais personne et j'ai chaud. Je porte ma robe préférée, achetée à New York. Elle a des marguerites brodées, dorées. Mes écouteurs sur les oreilles me protègent. J'écoute *Close to me.* Dehors, le soleil tape sur un type avec une pancarte. Il n'est ni sympa ni pas sympa. Il a une pancarte avec mon nom. J'aime bien les pancartes avec mon nom. Il y a d'autres noms. Je vais devoir parler. J'ai envie d'une douche, il me reste une goutte de Volvic au citron. Je tire ma valise. Le type à la pancarte blague sur sa taille. J'ai envie de m'expliquer. Je dois tenir un mois avec cette valise. Je ne veux pas rentrer à Paris. Je ne peux pas. Je n'ai plus de maison à Paris. Je resterai dans le Sud car je me le suis promis. Je décide Je n'aime pas sa blague. Elle n'est pas drôle. Les raisons qui me poussent à rester dans le Sud ne sont pas drôles.

Je ne dis rien. Je souris. Je suis polie et je tire ma valise.

Arrivée à la voiture, au coffre. Un homme plus âgé s'empresse de prendre le siège avant. Lui, il n'est pas sympa. Il a la bouche du mec pas sympa, l'attitude aussi. Le reste suit toujours. Je tente de porter ma valise quand deux mains viennent m'aider. J'aime beaucoup les bagues aux doigts. Il en a six. Une boucle d'oreille aussi. Il a les dents du bonheur et il me sourit avec elles. Il soulève ma valise. Il est grand, tout en noir. Je le remercie et monte à l'arrière.

Dans la voiture, côté fenêtre, je regarde ses bagues. Pas le paysage.

C'est mon troisième salon. J'ai failli refuser. Une semaine, c'est engageant et je déteste les engagements. Je voulais le sud. Je suis sur le port de Saint-Tropez. Je trouve ma place. *Bianca* la sienne. Il a changé de tenue. Un short à carreaux et une chemise. J'ai toujours trouvé les shorts ridicules sur un homme mais la boucle d'oreille me fait changer d'avis. Il s'assoit à ma droite.

Il s'appelle Erwan. Vous l'aviez sûrement deviné.

Pas moi.

Ni que sa chambre serait celle d'à côté.

Ni qu'au moment de se dire bonne nuit ce soir-là, le *truc* me tomberait dessus.

Je voulais emmener Nina au *Petit Cambodge*. Ma sœur me reproche d'être obsessionnelle. À sa dernière visite, nous étions au *Petit Cambodge*. La fois d'avant et celle d'encore avant aussi. Je commande toujours la même chose, un bobun mixte et une Tsingtao. Je suis obsessionnelle.

J'ai été chercher Nina gare de l'Est. On s'est dirigées vers le canal Saint-Martin. Elle s'est marrée. Alors j'ai changé de destination.

Nous étions dans un restaurant chinois le soir du 13 novembre. Pas au *Petit Cambodge*. À ce moment-là, face à Nina, à vingt-deux heures, tes dents du bonheur n'existaient pas.

Tu chuchotes beaucoup. Parfois je ne comprends pas. Je fais semblant mais je ne comprends pas. Quelque chose se passe. Le *truc*, hein.

Tu es avec moi chambre 311 et tu as deux cicatrices.

J'ai toujours aimé les cicatrices et leurs histoires.

C'était avant la tienne. Je te prends dans mes bras. Je n'ai pas besoin de comprendre ce que tu me dis. Je sais que je suis avec toi. Le nous se forme.

Tu me laisses dormir.

À demain, nous.

Cette nuit-là, je n'ai pas fermé l'œil. Nina, non plus. J'étais à l'hôtel. Il y a des télés dans les chambres d'hôtel. La nôtre parlait d'un attentat. Du *Petit Cambodge*. Nina m'a serré la main. Je suis obsessionnelle et j'aurais pu prendre une balle. Comme toi. Je ne te connais pas. Alors je ne pense pas à toi. Tu fais partie d'un tout. Les terrasses. Les images de corps. Coups de feu. Puis, le Bataclan. Le nombre augmente. Il est énorme et je pense à la serveuse du *Petit Cambodge*. Celle qui sourit avec les tatouages. Je me demande si elle fait partie du nombre. Je ne pense pas à toi. Je ne te connais pas.

Ma grand-mère appelle, le téléphone tremble. On la rassure. On est en sécurité. Pas toi. Mais je ne le sais pas. Je n'imagine pas. Léo, mon meilleur ami, m'a fait connaître ce groupe. Je n'aimais pas leur musique. J'imagine Léo au Bataclan et j'ai les larmes qui montent. Je ne t'imagine pas. Je ne te connais pas. Léo est à Londres et Nina s'endort à côté de moi. Je finis par la rejoindre.

Je ne crois pas au destin. Pourtant...

J'aurais pu choisir de faire les corrections de mon livre à Metz et non dans le Sud.

Ne pas prendre une valise, juste un sac.

Mettre une salopette car c'est confortable.

Être au deuxième étage.

Tu aurais pu oublier tes bagues.

Monter dans une autre voiture.

Être placé à côté d'une autre.

Rester sur tes préjugés de snob de la littérature : « *Une mannequin qui écrit ?!* »

Tu aurais pu rater ce concert.

Tu aurais pu mourir.

Tu vis. Chambre 312.

Moi, 311.

Je ne voulais pas écrire. Je ne voulais pas écrire sur toi. Sur toi et moi. Sur cette histoire. Les cicatrices dont je ne fais pas partie.

Tu écris que nous nous sommes rencontrés grâce à elles.

Je ne suis pas d'accord. J'ai regardé tes bagues. Je ne connaissais pas tes cicatrices. J'ai failli ne pas te rencontrer. Je t'ai rencontré et j'adore les dents du bonheur. Les cicatrices sont venues après.

Je ne veux toujours pas, pourtant j'écris..., mon amour.

12025

Composition
NORD COMPO

Achevé d'imprimer en Espagne
par CPI BOOKS
le 3 septembre 2018.

Dépôt légal : septembre 2018.
EAN 9782290159514
OTP L21EPLN002379N001

ÉDITIONS J'AI LU
87, quai Panhard-et-Levassor, 75013 Paris

Diffusion France et étranger : Flammarion